Das Erbe der ersten Menschheit

Klaus Seibel

Über den Autor

Klaus Seibel, geboren 1959, verheiratet, drei (erwachsene) Kinder.
Er hat Theologie studiert, arbeitete als Manager in einem Softwarehaus und ist seit 2014 hauptberuflich Schriftsteller. Eine interessante Mischung, aus der spannende Geschichten geboren werden. Neben Spannung gehören zu seinen Markenzeichen: aktuelle Themen, gut recherchiert, leicht verständlich und angenehm zu lesen. Mit anderen Worten: Die Leser sollen Spaß am Lesen haben.

Er hat 2009 den Krimipreis der Frankfurter Neuen Presse gewonnen und war bereits in vielen Shops auf Rang #1 in den jeweiligen Genres. Mit mehr als 150.000 verkauften Büchern zählt er zu den erfolgreichsten unabhängigen Autoren des Landes.

Homepage: www.kseibel.de
Facebook: Klaus Seibel Autorenseite

Klaus Seibel

Das Erbe der ersten Menschheit

Die erste Menschheit Band I

Lektorat Inez Corbi

Die Deutsche Nationalbibliothek verzeichnet diese Publikation in der Deutschen Nationalbibliografie, detaillierte bibliografische Daten sind im Internet über www.dnb.de abrufbar.

© 2014 Klaus Seibel
2. Auflage 2016

Lektorat: Inez Corbi

Coverfoto Front: © Sergey Nivens - Fotolia.com
Covergestaltung Front: Heike Ponge, Grafikdesign
Coverfoto Back: © JohanSwanepoel - Fotolia.com
Covergestaltung Back: Klaus Seibel

Herstellung und Verlag:
BoD – Books on Demand, Norderstedt

ISBN 9783741279751

Dieses Buch ist ein Roman. Handlungen und Personen sind erfunden. Ähnlichkeiten mit lebenden oder toten Personen sind zufällig.

Was andere über "Das Erbe der ersten Menschheit" sagen:

Bin äußerst überrascht gewesen von diesem Roman.
Bernd Lehmann, September 2014

Absolut lesenswert! Für Jugendliche und Erwachsene geeignet, leicht zu lesen und nicht platt, Spannung immer vorhanden.
Nadine Royer, Oktober 2014

Dieses Buch ist so unverschämt spannend, dass man einen Schrittmacher benötigt.
M. Höing, September 2014

Als Sience Fiction Fan kann mich eigentlich keine Idee mehr so richtig überraschen, aber der Plot dieses Buches hat dies fertiggebraucht. Darüber hinaus ist es sehr spannend geschrieben.
Rainer Gerlach, September 2014

Diese Reihe hebt sich deutlich von guten Büchern ab. Brillant geschrieben und sehr gut recherchiert.
Wow-Effekte in jeder Seite.
d-man1955, September 2016

1

„Wenn Sie sich in eine fremde Umwelt begeben, müssen Sie sich in Ihrem Verhalten und vor allem in Ihrem ganzen Denken darauf einlassen."

Dr. Anne Winkler drückte auf einen Knopf und die nächste Folie ihrer Präsentation erschien. Die Studenten sahen an der Stirnwand des Vorlesungsraums ein riesiges Foto. Es zeigte einen vermummten Mann, der neben einem umgebauten Geländewagen mit riesigen Reifen stand. Dahinter breitete sich eine endlos scheinende Eisfläche mit Bergen im Hintergrund aus.

„Nehmen wir an, Sie planen eine Expedition in die Antarktis. Dort ist es kalt. Also sagen Sie sich, dass Sie vor allem warme Kleidung einpacken müssen, um sich gegen die extreme Kälte zu schützen."

Während Anne redete, ging sie vor den Studenten auf und ab. Die Blicke folgten ihr, vor allem die Blicke der jungen Männer. Anne schmunzelte. Es hatte sich nichts geändert. Vor etwas mehr als zehn Jahren hatte sie selbst noch mitten unter Studenten gesessen und auch einen Dozenten angehimmelt. Jetzt stand sie vorne und unterrichtete angehende Astronauten. Es waren vorwiegend Männer, umso mehr stach sie als weibliches Wesen heraus. Anne war zwar mehr als zehn Jahre älter als der Durchschnitt, was aber kaum auffiel. Sie hatte sich angewöhnt, am Fitnesstraining der Astronauten teilzunehmen und war entsprechend gut in Form.

Anne musste nicht mehr nachdenken, was sie sagen sollte, denn sie hatte diese Vorlesung schon oft gehalten. „Wenn Sie nun losziehen, schön warm eingepackt und mit ihrer gewohnten Ration an Essen und Trinken, was wird dann passieren? Sie werden nie wiederkommen. Jeder

Atemzug, den Sie hier kaum spüren, bedeutet in der Umwelt der Antarktis eine Höchstleistung für Ihren Körper. Er muss die Luft von minus dreißig Grad auf plus 37 Grad bringen, und zwar in Sekunden und mehr als tausend Mal in jeder Stunde. Das ist eine enorme Heizleistung, die Ihre Energievorräte sehr schnell schrumpfen lässt. Dazu kommt, dass die Luft, die Sie einatmen, keinerlei Feuchtigkeit enthält, die Luft, die Sie ausatmen, aber jede Menge. Diese Feuchtigkeit kommt nicht aus dem Nichts. Sie müssen jeden Tropfen vorher trinken. Wenn Sie nicht viel mehr essen und trinken, als Sie es gewohnt sind, können Sie so warm angezogen sein, wie Sie wollen - Sie werden verhungern oder vertrocknen. Robert F. Scott trug bei seiner Antarktis-Expedition in sein Tagebuch ein: Großer Gott! Dies ist ein schrecklicher Ort."

Anne blieb stehen, drehte sich zu den Studenten und wartete, bis ihr alle in die Augen sahen. „Sie wollen nicht in die Antarktis, Sie wollen auf den Mond. Ich kann Ihnen versichern, gegenüber dem Mond ist die Antarktis eine gemütliche Kuschelecke."

Stille breitete sich aus.

„Wenn Sie nicht schaffen, das in Ihrem Denken zu realisieren, werden Sie erst gar nicht fliegen, oder, falls doch, werden Sie nicht zurückkommen."

Fagott meldete sich. Er hieß eigentlich Jörg Schweitzer, aber alle nannten ihn nur Fagott, weil er so dünn war und tatsächlich Fagott spielte. Er wirkte immer etwas geistesabwesend, außer wenn Anne vor ihm stand, wie gerade jetzt.

„Ja bitte?"

Fagott räusperte sich. „Frau Dr. Winkler, wie sind Sie überhaupt auf das Konzept des „mondischen Denkens" gekommen?"

Ein Raunen ging durch die Reihen. Die Antwort konnte man doch überall im Internet nachlesen und erst recht stand es in Annes Buch, das zur Standardvorbereitung des Kurses gehörte.

Anne beugte sich zu Fagott herunter und stützte sich mit den Händen auf der Tischplatte ab.

„Herr Schweitzer, wenn Sie wissen, dass Sie ohne eine gute Idee nur noch zwanzig Minuten leben werden, dann glauben Sie gar nicht, wie schnell und kreativ selbst Sie dann denken werden."

Die anderen Studenten lachten, aber dann wurde ihnen bewusst, dass das nicht nur einfach so dahergesagt war. Ihre Dozentin hatte es genau so erlebt.

Anne richtete sich wieder auf und klatschte zweimal in die Hände. „Fertig für heute. Bis zur nächsten Vorlesung stellt jeder fünf Punkte zusammen, was er bei einem Einsatz auf dem Mond an besonderen Umweltbedingungen zu beachten hat."

Fagott sah sie zweifelnd an.

„Und wenn einer nur vier Punkte hat, lasse ich ihn den Kurs einer Sonde zum Pluto berechnen."

Als Anne hinter ihren Studenten den Seminarraum verlassen wollte, stellte sich ihr ein Mann in den Weg.

2

Eine Zehntelsekunde, und Anne wusste, dass ihr dieser Mann unsympathisch war. Er war etwa in ihrem Alter, also Mitte dreißig, trug einen dunkelblauen Anzug mit korrekt sitzender Krawatte und dazu ein falsches Lächeln im Gesicht. Am meisten störte Anne der kaum sichtbare Ohrhörer.

Ein Agent, dachte Anne sofort und trat einen Schritt zurück. Ihre Erfahrungen mit Agenten hatten ihr gereicht, mehr brauchte sie nicht.

„Frau Doktor Anne Winkler?"

„Was wollen Sie?"

„Ich soll Sie abholen. Bitte folgen Sie mir."

„Ich folge Ihnen keinen Schritt, wenn Sie mir nicht sagen, wohin ich gehen soll und warum."

Anne blickte ihn kühl an und der Mann schien zu spüren, dass er so nicht weiterkam. Sie ließ sich weder überrumpeln noch einschüchtern. Sein Gesichtsausdruck wurde eine Spur verbindlicher.

„Ich soll Sie zu einem Meeting abholen. Ihr Chef, Doktor Bardouin, wird auch dabei sein."

Das sollte Anne eigentlich beruhigen, tat es aber nicht.

„Wenn Dr. Bardouin mich sprechen wollte, könnte er mich einfach anrufen."

„Das kann er Ihnen selbst erklären. Ich habe nur meine Anweisung, dass ich Sie holen soll, und zwar so schnell wie möglich. Wir werden das Gebäude nicht verlassen, falls Sie das beruhigt."

Das tat es tatsächlich.

„Gehen Sie vor."

Im Gebäude der ESA fühlte Anne sich sicher, aber diese Behandlung war sehr ungewöhnlich. Dieser Mann war nicht vom Sicherheitsdienst der ESA, die kannte Anne alle. Warum ließ Dr. Bardouin sie von einem Fremden abholen?

Es ging in einen Gebäudetrakt, den Anne nicht kannte. Er gehörte zu dem Komplex, der wegen der starken Ausweitung der Raumfahrtaktivitäten nach ihrem Fund auf dem Mond neu gebaut worden war. Zu Beginn eines neuen Gangs blieb der Mann stehen.

„Geradeaus bis zum Ende, dann die letzte Tür rechts."

Anne ging allein weiter. An den Wänden hingen noch keine der sonst allgegenwärtigen Bilder von Weltraummissionen. Alles war jungfräulich weiß, die Namensschilder neben den Bürotüren waren leer.

Die letzte Tür rechts befand sich in einer etwa zwei Meter tiefen Nische. Davor stand ein Mann, der der Zwilling dessen hätte sein können, der Anne abgeholt hatte. Sie war offensichtlich per Funk angemeldet worden, denn er war weder überrascht, noch fragte er nach ihrem Namen. Er zeigte nur auf eine Ablage, auf der Handys lagen.

Damit man uns nicht abhören kann. Anne wusste um die Manipulationsmöglichkeiten und Gefahren von Handys. Trotzdem - sowas hatte es bei der ESA noch nie gegeben. Was ging hier vor? Die Antwort lag hinter dieser Tür, die der Mann jetzt für sie öffnete.

Anne trat in einen Besprechungsraum für etwa zehn Leute. In der Mitte stand ein ovaler Tisch, der an der gegenüberliegenden Stirnseite abgeschnitten war. Dort waren keine Stühle vorgesehen, weil darüber an der Wand ein überdimensionaler Flachbildschirm hing.

Anne erkannte zuerst Dr. Bardouin, der sich erhob, als sie eintrat. Seine Anwesenheit hätte normalerweise beruhigend auf Anne gewirkt, wenn sein Gesicht nicht so einen besorgten Ausdruck gezeigt hätte. Er begrüßte Anne mit ein paar freundlichen Worten und bedankte sich, dass sie sofort gekommen war. Dann stellte er die Anwesenden vor. Anne hatte sie alle schon gesehen - im Fernsehen.

Links von ihm saß Romano Gonzales, der die NASA und damit gleichzeitig die USA repräsentierte. Anne hatte gehört, dass er Sohn mexikanischer Einwanderer war, der sich dank seiner hohen Intelligenz bis in diese Führungsposition hochgearbeitet hatte. Neben ihm saß Nelson Fernandez für Brasilien. Auf der anderen Seite des Tisches saßen Anila Kumar für Indien, Nandi Ludo als Vertreterin der Afrikanischen Union und Wang Cui für China. Und zuletzt, gegenüber von Dr. Bardouin, saß General Kowalev. Anne kannte ihn gut und würde ihn auch nie vergessen. Er hatte es ihr ermöglicht, als Vertreterin der russischen Astronautin zum Mond zu fliegen, denn die hatte sich kurz vor dem Start unglücklich verletzt. Kowalev leitete das russische Astronautenzentrum im Sternenstädtchen und hatte Anne öfter zu Vorträgen eingeladen.

Kowalev freute sich offensichtlich, Anne zu sehen, wie sie an einem kurzen Aufblitzen in seinen Augen erkannte, aber der ernste Ausdruck kehrte sofort zurück.

Anne war beeindruckt von dieser Runde. Sie hatte mit vielem gerechnet, aber nicht damit. Hier war die Elite des Lantis-Projekts versammelt. Nur Scheich Al-Qummi vom arabischen Block fehlte. Dieses Projekt sollte das Erbe der Vormenschen, die sich Lantis nannten, auf dem Mond bergen. Jede Person in diesem Raum war befugt, weitreichende Entscheidungen zu treffen.

Jeder, der gerade vorgestellt wurde, nickte Anne kurz zu. Anne nickte einfach zurück. Was sollte sie auch sagen?

„Wir möchten Ihnen etwas zeigen", sagte Dr. Bardouin, als er mit der Vorstellungsrunde fertig war.

Anne sah ihm an, dass er ihr gerne noch mehr erklärt hätte, aber das musste bis später warten.

„Bitte, General Kowalev. Sie haben das Wort."

Kowalev war für das Bildmaterial vom Mond zuständig. Anne erinnerte sich noch gut daran, wie er erst sie und später die ganze Welt mit Bildern der Schraube auf dem Mond beeindruckt hatte. Die russischen Experten hatten mit der Aufbereitung der Bilder schlechter Qualität wahre Wunder vollbracht.

Ob Kowalev noch genauso laut lachte wie früher? Jetzt jedenfalls nicht und es schien auch schon eine Weile her zu sein. Eine erhebliche Anzahl Sorgenfalten durchzog sein Gesicht.

Kowalev stand auf. „Wir wollen Sie auf den aktuellen Stand des Lantis-Projekts bringen. Dabei setzen wir absolute Verschwiegenheit voraus."

Anne nickte nur. Das mit der Verschwiegenheit kannte sie aus der Zeit, als die Entdeckung der kaputten Schraube auf dem Mond die Welt fast in einen Krieg gestürzt hätte, aber das war über zehn Jahre her. Die Zeiten hatten sich geändert. Die Nationen arbeiteten zusammen, wie man sich das früher nicht hätte erträumen können. Folglich war das Lantis-Projekt das transparenteste Projekt aller Zeiten. Was sollte man auch vor wem verbergen, wenn sowieso alle mitarbeiteten und deshalb über alles Bescheid wussten? Und jetzt diese Geheimnistuerei.

Anne wartete mit äußerster Anspannung auf die Präsentation. Eigentlich sollte sie zu jeder Zeit über alles auf dem Laufenden sein, so war es jedenfalls vereinbart, aber offensichtlich traf das nicht zu. Trotz des angebotenen Stuhls setzte sie sich nicht.

Das erste Bild zeigte den kompletten Mond in hoher Auflösung. Kowalev zoomte heran, so dass man fast das Gefühl bekam, als ob man gleich auf dem Mond landen würde. Im Zentrum des Bildes lag Point X. So nannte man den tiefen Krater am Südpol des Mondes, in dem die Lantis ihr Erbe deponiert hatten. Anne kannte die Gegend vom häufigen Studium der Bilder so gut, als wäre sie dort aufgewachsen. Der Zoom stoppte kurz, während die Software die vielen Details nachlud. Anne wusste, was als Nächstes kommen würde, doch es kam anders.

Kowalev zoomte zum Nordrand des Kraters. Das machte zwar nur etwa fünf Kilometer aus, aber die Landschaft war eine ganz andere. Am Südrand gab es flache Stellen, die gelegentlich sogar von der Sonne beschienen wurden. Diese Stellen boten sich als Landeplätze an, weil man von dort aus gut in die dunklen Täler des Kraterrandes gelangen konnte. Die Nordseite war dagegen ein einziges, unübersehbares Trümmerfeld, das zu neunzig Prozent in ewiger Dunkelheit lag. Genau darauf steuerte Kowalev zu.

„Das hier ist der wirkliche Point X", sagte der General. „Sie kennen nur das, was auch der restliche Teil der Welt für Point X hält."

Kowalev machte eine Pause, die Anne auch nötig hatte. Man hatte sie belogen! Kowalev, Dr. Bardouin. Entgegen allen Absprachen. Und nicht nur sie, sondern auch die Milliarden Menschen auf der Welt, die das Projekt mit vielen Hoffnungen verfolgten.

„Das müssen Sie mir erklären", sagte Anne frostig. „Es war vereinbart, dass ich alle Bilder vom Mond bekomme. Alle!"

Kowalev hielt Annes eisigem Blick stand. Er wusste immer, was er tat.

„Wir wollten erst sichergehen, bevor wir den Kreis der Eingeweihten erweitern. Wir wollten alle uns zur Verfügung stehenden Möglichkeiten ausschöpfen, um eine sichere Datenbasis zu haben. Die Sache ist zu heikel, um mit halbgaren Informationen an die Öffentlichkeit zu treten - wenn sie überhaupt für die Öffentlichkeit geeignet sind."

Anne war sich sicher, dass Kowalevs Informationen nicht öffentlichkeitstauglich waren, aber er hatte auch sie belogen. Und das gefiel ihr gar nicht.

Kowalev zeichnete mit seinem Laserpointer einen Kreis an der Südseite des Kraters. „Wir waren alle davon ausgegangen, dass die Koordinaten der Lantis diese Stelle bezeichnen und folglich die Container mit dem Erbe in einer dieser drei Einschnitte liegen."

Kowalev deutete nacheinander darauf. Dann sah er Anne fest in die Augen.

„Wir wissen jetzt, dass alle drei Einschnitte leer sind."

Anne war klar gewesen, dass irgendetwas Dramatisches kommen musste, aber diese Aussage traf sie wie ein Fausthieb in die Magengrube. Trotzdem versuchte sie, sich nichts anmerken zu lassen, denn alle im Raum sahen sie gespannt an.

„Sie sind sich sicher?", fragte Anne, obwohl sie genau wusste, dass es so war.

„Zu hundert Prozent."

„Aber das wissen Sie nicht erst seit heute."

„Seit fünf Monaten und zwölf Tagen, um exakt zu sein."

Anne begann, im Raum hin und her zu gehen. Es war ihr egal, was die anderen dachten, sie musste ihre innere Spannung abbauen, um ihre Gedanken frei zu bekommen. Was war schief gelaufen? Sie hatte Point X selbst berechnet, das war schließlich ihr Spezialgebiet. Es war ihr garantiert kein Rechenfehler unterlaufen, und selbst wenn, die Rechnung war tausendfach auf aller Welt kontrolliert und bestätigt worden. Daran konnte es also nicht liegen. Sollten die Lantis falsche Daten hinterlegt haben? Das machte keinen Sinn.

„Es muss am Mond liegen", sagte Anne. „Im Lauf von fünfundsechzig Millionen Jahren ist seine Umlaufbahn weiter geworden, Millionen Meteoriten sind auf ihm eingeschlagen, und niemand weiß, welche Brocken an ihm vorbeigeflogen sind. Kleinste Einflüsse können über so einen langen Zeitraum deutliche Änderungen verursachen."

Kowalev nickte beifällig. „Ich wusste, dass Sie darauf kommen würden. Es ist nur eine winzige Abweichung, nicht viel für einen Himmelskörper, aber für eine Landeposition ein erheblicher Unterschied."

Kowalev zoomte den Nordrand des Kraters näher heran. Der schwarze Fleck wuchs - und er war wirklich schwarz. Auf dem Mond gab es keine Dämmerzone, weil es keine Atmosphäre gab, die das Licht streute. Die Schwärze füllte jetzt den gesamten Bildschirm aus und Anne wartete, bis Kowalev den Modus wechselte. An einigen Stellen wurde das Bild eine Spur heller. Das waren die Orte, an denen das Licht auftraf, das die Erde reflektierte. Anne wusste, dass die Helligkeit täuschte. Sie war das Ergebnis einer hochwertigen optischen Aufbereitung. Die Wirklichkeit auf dem Mond sah finster aus - und auch auf dem aufbereiteten Bild des Monitors blieb vieles schwarz. Das Erdenlicht gelangte nur an ausgewählte Stellen, gerade ausreichend, um einen wenig ermutigenden Einblick zu gestatten. Scharfe Zacken im Wechsel von fast schwarz zu absolut schwarz ließen auf eine wüste, zerklüftete Gegend schließen. Und da sollte der Schatz der Antis liegen?

Anne brannten viele Fragen auf den Lippen, aber sie ließ Kowalev ungestört weitermachen. Er würde ihr alles zeigen, was möglich war, denn das war offensichtlich der Sinn dieser Veranstaltung. Die anderen schienen die Bilder schon zu kennen, sie warteten nur auf Annes Analyse. Ihre Gesichter ließen nichts Gutes erwarten.

Was Anne jetzt sah, bestätigte ihre Vermutung, die sie schon bei der Durchsicht des Fotomaterials gewonnen hatte, als sie sich ein Bild von der weiteren Umgebung von

Point X machen wollte. Sogar für Mondverhältnisse war die Nordseite des Kraters eine wirklich schlechte Gegend.

„In die Kraterwand muss ein Meteorit eingeschlagen sein. Dabei ist jede Menge Material herumgeschleudert worden und die Kraterwand teilweise eingestürzt", analysierte Anne. „Wenn man sich die Schatten der Trümmer ansieht - soweit man überhaupt welche sieht - muss der Meteorit ein ziemlicher Brocken gewesen sein."

Die Vertreter der Afrikanischen Union und China tuschelten miteinander.

„Damit bestätigen Sie unsere Vermutung", sagte Kowalev.

„Und Sie sind sicher, dass das Erbe der Lantis hier liegt?"

Kowalev drückte eine Taste an seinem Laptop. Auf dem Bildschirm erschienen verwaschene Punkte. Anne zählte zwölf, die an drei Stellen gehäuft vorkamen, mit ein paar unregelmäßig verteilten dazwischen.

„Das hier müssen die Container der Lantis sein", sagte Kowalev. „Das Material unterscheidet sich zu sehr von allem, was wir vom Mond her kennen."

Das war die einzig mögliche Erklärung. Anne spürte, wie ihr Puls beschleunigte. Da lag es, das Erbe der ersten Menschheit, verteilt in zwölf Containern. Randvoll mit Daten, Informationen, Genmaterial und vielleicht noch viel mehr. Hier hatte eine längst verloschene Zivilisation ein Back-up all ihres Wissens hinterlassen und, wenn man es tatsächlich glaubte, ein Back-up der gesamten Flora und Fauna von der Zeit, bevor der Einschlag eines mächtigen Meteoriten in die Halbinsel Yucatán fast das gesamte Leben auf der Erde vernichtet hatte. Anne hatte nicht den geringsten Zweifel daran, dass dort auf dem Mond ein unermesslicher Wert an Wissen konserviert war, der die Welt verändern würde. Jetzt war dieser Schatz nicht mehr nur eine

Geschichte verteilt auf drei Folien, die sie vom Mond geholt hatten. Jetzt konnte man bereits die Container sehen, wenn auch nur als verwaschene Punkte.

„Können Sie da noch mehr Informationen herausholen?", fragte Anne.

Kowalev verneinte. „Das Material der Lantis absorbiert Radarstrahlen in höherem Maß als ein Stealth-Bomber. Ob das Absicht ist oder einfach nur Zufall, wissen wir nicht. Auf jeden Fall ist das, was Sie sehen, schon so weit verstärkt und aufbereitet, wie man es seriös verantworten kann. Es gibt aber eine weitere Bestätigung - durch Infrarotaufnahmen."

Das war eine handfeste Überraschung. Da, wo auf dem Mond nie ein Sonnenstrahl hinkam, sollte es überall gleichmäßig kalt sein. Wärmestrahlung von vor fünfundsechzig Millionen Jahren oder entstanden durch zwischenzeitliche Meteoriteneinschläge sollte längst abgeklungen sein. Anne wartete gespannt auf das nächste Bild.

Einer der zwölf Punkte verfärbte sich rot. Er lag etwas abseits und näher am Kraterrand, wenn man das auf Grund der schwachen Bilder überhaupt sagen konnte.

„Hier gibt es eine Wärmestrahlung", erklärte Kowalev, „wieder sehr schwach, aber eindeutig. Die Wahrscheinlichkeit, dass sie natürlichen Ursprungs ist, ist so gut wie null."

Dem konnte Anne nur zustimmen. Sie hatten ihn definitiv gefunden, den Schatz der Lantis. Das war die gute Nachricht. Die schlechte Nachricht war: Er lag DORT. Anne kannte keinen schwierigeren Ort auf dem Mond als diesen - und sie kannte den Mond gut. Es war, als würde man einem Verdurstenden das rettende Glas Wasser zeigen, das auf der falschen Seite eines unüberwindbaren Grabens stand.

Anne biss die Zähne zusammen, dass es schmerzte. Sie hatte schon einmal vor einem unüberwindbar scheinenden

Graben gestanden, ihr Sauerstoffvorrat nahezu aufgebraucht, den Tod nach irdischem Ermessen sicher. Aber sie hatte nicht aufgegeben. Sie hatte doch einen Weg gefunden und lebte immer noch.

„Könnte man nicht ...?"

„Haben wir alles schon gemacht", fiel ihr Roman Gonzales ins Wort. „Sowohl die Chinesen als auch wir, die USA, haben ihre besten Aufklärungssatelliten zum Mond geschickt. Beide haben mehr Instrumente an Bord, als Sie sich vorstellen können. Sie sind in der Lage, extrem tief zu fliegen und könnten die Briefmarkensammlung eines Alien fotografieren. Ich sage 'könnten', denn beide Satelliten sind abgestürzt."

Abgestürzt? Die Überraschungen nahmen für Anne kein Ende. Das hier war wirklich kein Meeting für die Öffentlichkeit.

„Wissen wir, warum?"

„Zuerst sind die Rechner der automatischen Navigation ausgefallen, der Hauptrechner und die beiden Reserveeinheiten. Kurz darauf ist die Kommunikation einfach abgebrochen, so dass auch keine manuelle Steuerung möglich war."

Anne atmete tief ein und aus. Das waren wirklich schlechte Neuigkeiten.

Kowalev deutete mit dem Laserpointer auf den Punkt, von dem die Infrarotstrahlung ausging. „Unseren Berechnungen nach ist das hier die Quelle der Störstrahlung."

Das war logisch, denn eine Störstrahlung erforderte Energie, und diese Stelle war die einzige, die auf eine Energiequelle schließen ließ. Aber was sollte das Ganze? Wollten es die Lantis ihnen schwer machen? Eine Art Prüfung, ob die Menschen des Erbes würdig waren? Anne schob den Gedanken beiseite. Das alles waren Spekulationen, die sie nicht weiterbrachten. Die Faktenlage war für vernünftige Schlüsse einfach zu dünn.

„Wir brauchen mehr Informationen", sagte Anne.

Kowalev nickte. „Das ist der springende Punkt und deshalb sind wir hier."

Anne blickte in die Runde. Wang Cui lächelte ein asiatisches Lächeln, das Anne als Westeuropäerin nicht deuten konnte. Nelson Fernandez blickte ihr geradewegs in die Augen, Dr. Bardouin stand die Sorge ins Gesicht geschrieben. Die beiden Frauen aus Afrika und Indien versuchten, neutral zu wirken, was ihnen nicht gelang. Bei allen gemeinsam war eine große Anspannung zu spüren, die den Raum bis in den letzten Winkel auszufüllen schien. Diese Leute waren nicht nur hier, um ihre Expertise über eine schwierige Mondexpedition zu hören. Hier lag noch etwas anderes in der Luft.

Kowalev sah als Einziger nicht angespannt aus. Er sah aus - als hätte er einen Plan. Einen Plan, der Dr. Bardouin ganz offensichtlich nicht gefiel.

Kowalev stand auf. „Wir brauchen mehr Informationen. Das haben Sie korrekt analysiert. Der Knackpunkt ist: Diese Informationen zu beschaffen, braucht Zeit. Alles, was wir kurzfristig tun konnten, haben wir getan. Wegen der Störstrahlung mussten wir uns auf Fernauswertungen beschränken, die wegen der schwierigen Umstände vor Ort nur die Ausbeute ergeben, die Sie gesehen haben. Um mehr Informationen zu sammeln, müssten wir zuerst die Störstrahlung analysieren und Wege finden, unsere elektronischen Geräte dagegen zu schützen. Erst dann können wir mit Sonden näher an das Ziel heran, und erst danach könnten wir mit diesen Erkenntnissen eine Mondexpedition vorbereiten. Dieses Vorgehen dauert Jahre - und diese Zeit haben wir nicht."

Jetzt sah Kowalev seine Kollegen der Reihe nach an.

Wang Cui stand auf. „Das chinesische Volk hat seinen Himmelspalast unter großem Aufwand in eine Umlaufbahn um den Mond gebracht, um die Bergung der Container dort zu unterstützen. Wir können die Station nicht über Jahre dort versorgen."

Das waren nur wenige Worte, aber Anne spürte, dass sie Wang Cui nicht leicht fielen. Der Himmelspalast war das chinesische Äquivalent zur Internationalen Raumstation ISS und ganzer Stolz der chinesischen Raumfahrt. Dass die Chinesen bereit gewesen waren, ihre Raumstation aus der für sie wichtigen Erdumlaufbahn zum Mond zu bringen, war allseits mit Verwunderung und Respekt aufgenommen worden. Es war sicherlich auch eine Art Entschuldigung für die Sabotage der ersten Mondexpedition. Dass Wang Cui jetzt zugab, sich diese Investition nicht mehr leisten zu können, traf Anne sehr. So etwas sagten Chinesen nicht leichtfertig, es musste tatsächlich ernst sein.

Wang Cui setzte sich wieder.

„Es wird auch für uns eng", sagte Romano Gonzales. Er redete im Sitzen. „In den USA stehen Wahlen an. Die Forderungen, aus der ganzen Sache auszusteigen, werden lauter. Wir brauchen unser Geld für die Ausbildung unserer Kinder, für bessere medizinische Versorgung, für die Reparatur unserer Straßen und Brücken. Ich könnte Ihnen eine Liste aufzählen, die so lang ist wie der Konferenztisch. Der Präsident kann sich diesen Forderungen nicht verschließen."

Und wenn er wiedergewählt werden will, muss er das Geld für das Mondprojekt kürzen, dachte Anne. So gut kannte sie die Gesetzmäßigkeiten der Demokratie inzwischen. Niemand wurde gewählt für ein Versprechen, dass in zehn oder zwanzig Jahren vielleicht alles besser würde. Dieses vielleicht stand ja auch noch im Raum. Niemand wusste, was das Erbe ihnen tatsächlich bringen würde. Eine

Zeitlang konnte man die Menschen für ein großes Ziel begeistern. Das war bis heute gelungen. Aber ein oder zwei weitere Jahrzehnte? Unmöglich.

„Es geht nicht nur um Geld", meldete sich Anila Kumar aus Indien zu Wort. „Die Konflikte mit Pakistan werden wieder stärker, wir müssen uns auf unsere Verteidigung konzentrieren."

In Europa sah es nicht besser aus, wusste Anne aus eigener Erfahrung. Von Seiten der Umweltschützer wuchs die Kritik, dass man über dem Mond die Erde nicht vergessen durfte. Die Klimaerwärmung ging nämlich weiter, Erbe auf dem Mond hin oder her.

Im Prinzip wartete die ganze Welt darauf, dass es auf dem Mond endlich konkret wurde. Firmen hatten Milliarden in die Entwicklung von Transportmöglichkeiten investiert, viele Länder hatten enorme Mengen an Forschungsgeldern eingesetzt, um ihren Anteil an der Erforschung des Erbes leisten zu können. Und jetzt stand alles auf dem Spiel. Die neu gewonnene Einheit der Menschen drohte zu zerfallen, bevor sie wirklich Früchte tragen konnte.

„Ich denke, Sie verstehen jetzt unser Interesse an Geheimhaltung", sagte Dr. Bardouin.

Anne verstand. Die etwas befremdlichen Umstände, unter denen sie hierher geleitet worden war, waren dagegen belanglos. Es grenzte schon an ein Wunder, dass von den aktuellen Problemen noch nichts durchgesickert war, schließlich waren unzählig viele Menschen an dem Projekt beteiligt und alle Aktionen standen unter permanenter Beobachtung der Öffentlichkeit. Selbst sie, die als eine der Bestinformierten zählte, hatte nichts bemerkt.

Anne wanderte in dem kleinen Konferenzraum hin und her. Dass die hochrangigen Regierungsvertreter alle saßen und warteten, war ihr egal. Sie hatten sie schließlich hergeholt, um ihre Meinung zu hören und vielleicht auch noch wegen mehr. Anne war mit ganzem Herzen Mathematikerin, ihr Verstand war gewohnt, komplexe Zusammenhänge blitzschnell zu analysieren und am Ende ein logisches Ergebnis zu präsentieren.

Dr. Bardouin verfolgte jeden ihrer Schritte. Er kannte sie am besten von allen und ahnte wohl, was in ihr vorging. Er schüttelte seinen Kopf, so, als wollte er sagen: Nein. Bitte nicht!

„Ich werde fliegen", sagte Anne in die gespannte Stille hinein.

Dr. Bardouin schüttelte den Kopf heftiger. China, Afrika und Indien tuschelten wieder. Fernandez aus Brasilien saß mit verschränkten Armen da, Romano Gonzales hatte ein kleines Feuer in seinen Augen. Diese Aussage hatte er wohl hören wollen, die Sache mit Mut anpacken. General Kowalev lächelte zufrieden.

Er hat es gewusst, dachte Anne. Dieser alte Fuchs war ein gewiefter Schachmeister und Stratege. Er kannte Anne, und er hatte alle seine Züge so vorbereitet, dass Anne gar nicht anders konnte als mitzumachen. Trotzdem tat sie es freiwillig. Der Mond war ihr Schicksal, schon zu den Zeiten, als sie ihn als Kind nachts über ihrem Bett durch das Dachfenster beobachtet hatte. Der Mond und sie gehörten zusammen.

Anne griff an den Anhänger ihrer Kette. In einer Fassung aus Gold hing ein seltsamer, unscheinbarer Stein. Sie hatte ihn von ihrer ersten Mondexpedition mitgebracht und seitdem die Kette nie abgelegt. Sie trug den Mond immer bei sich.

„Tun Sie es nicht", sagte Dr. Bardouin. „Sie haben schon einmal Ihr Leben riskiert. Jetzt haben Sie Familie, denken Sie an Ihre Kinder."

Anne umfasste den Mondstein fester. Ja, der Mond war ihr Schicksal. Dass sie dort fast ihr Leben verloren hätte, stimmte. Aber wenn das Erbe jetzt nicht geborgen würde, wäre alles umsonst gewesen. Es gab keine andere Entscheidung.

„Ich fliege", sagte Anne noch einmal, „aber nur unter einer Bedingung: Walter Bullrider ist der Pilot."

Das Lächeln auf Kowalevs Gesicht wurde breiter. Auch das hatte der Fuchs geahnt.

Dr. Bardouin wollte einen letzten Versuch starten, aber Anne kam ihm zuvor.

„Dr. Bardouin, ich weiß, dass Sie einwenden wollen, es könnten auch andere fliegen. Ja, wir haben hervorragende Astronauten - aber bisher ist noch niemand von ihnen auf dem Mond gelandet. Da, wo wir hinmüssen," Anne deutete auf die verschwommenen Punkte auf dem dunklen Ausschnitt der Mondkarte, „kommt man mit theoretischen Kenntnissen nur bis zur nächsten Felsnase. Diese widrigen Umstände kann man nicht im Simulator üben. Und wenn ich aus dem, was General Kowalev gesagt hat, die richtigen Schlüsse ziehe, haben wir nur eine einzige Chance. Ist das so, Herr General?"

„So ist es. Entweder wir - Sie - schaffen es jetzt, oder es wird zu unseren Lebzeiten nicht mehr geschehen."

Kowalev war aufgestanden und langsam auf Anne zugekommen. Jetzt stand er vor ihr und legte seine Hand auf ihre Schulter.

„Ich habe gehofft, dass Sie so entscheiden würden. Es ist fast unmöglich, es zu schaffen, aber wenn es jemand kann, dann Sie und Mr. Bullrider. Ich glaube an Sie - aber ich muss trotzdem darauf hinweisen, dass es eine Reise ohne Wiederkehr sein kann. Sie müssen diesen Entschluss aus freien Stücken fassen."

„Ich tue es aus freien Stücken", sagte Anne. „Und es wird eine Reise mit Wiederkehr sein."

Kowalev nickte. „Das hoffe ich sehr. Wir werden von

unserer Seite alles tun, um Sie zu unterstützen. Wenn Sie oder Mr. Bullrider meinen, dass irgendetwas für den Erfolg der Mission nötig sei, sagen Sie es. Sie werden es bekommen."

Die anderen im Raum nickten zustimmend.

„Nur eins dürfen Sie nicht", fuhr Kowalev fort, „ein einziges Wort über den wahren Charakter der Mission verlieren. Gegenüber niemandem. Die Menschen denken, dass die Bergung des Erbes eine Aktion ist, die wir voll im Griff haben und die gelingen wird."

„Womit Sie sie anlügen", sagte Anne.

„Mit gutem Grund, wie Sie wissen. Ein falsches Wort kann der Zündfunke sein, dass die ganze Stimmung kippt, mit unabsehbaren Folgen. Außerdem ist es nur eine Lüge für eine begrenzte Zeit, so lange, bis Sie dafür gesorgt haben, dass wir die Situation tatsächlich wieder im Griff haben. Ihr Erfolg wird die Wahrheit wieder herstellen."

3

"Der Flug ist gefährlich", sagte Olaf. "Warum musst ausgerechnet du fliegen? Es gibt so viele andere Astronauten, die fliegen könnten."

"Weil Mama die Beste ist", mischte sich Benny ein. Er stand mit seiner drei Jahre jüngeren Schwester Laura neben Anne und Olaf in der Abflugebene des Terminal 1. Um sie herum herrschte geschäftiges Treiben. Ein steter Strom von Reisenden kam durch die zahlreichen Türen, orientierte sich an den Anzeigetafeln und zog dann weiter zu den Check-in Schaltern.

Anne war froh, dass niemand sie beachtete, was nicht selbstverständlich war. Die ganze Welt interessierte sich für die Entdeckung auf dem Mond, und über jeden Schritt der geplanten Expedition wurde ausführlich berichtet. Aber Anne hatte darauf bestanden, dass ihr Abflugtermin von Frankfurt nach Florida geheim gehalten wurde. Trotzdem hatte es noch einiger Tricks bedurft, die Presseleute abzuschütteln. In dieser Hinsicht hatte sie keine Mühe gescheut, denn die letzten Minuten in Deutschland sollten ihrer Familie gehören.

Olaf legte seinem Sohn die Hand auf die Schulter. "Ja, Benny, deine Mutter ist die beste Navigatorin der Welt, aber der Weltraum ist gefährlich und der Mond erst recht. Der Mond ist eine fremde Welt und niemand weiß, welche Gefahren es dort gibt."

"Der Mond ist meine Berufung", sagte Anne. "Ich muss dort hin. Und was wir dort suchen, ist ein Schatz, wie ihn die Menschen noch nie erlebt haben. Wir müssen alles daran setzen, um ihn zu bergen."

Olaf ließ den Ansatz eines Lächelns erkennen. "Es ist ja nur, dass ich will, dass du heil wiederkommst."

"Meine Mutter wird niemals auf dem Mond sterben", sagte Benny. "Sie wird das Erbe der Menschheit finden. Ich bin stolz auf sie."

Benny lief einige Schritte rückwärts und rempelte dabei eine Stewardess an, die auf dem Weg zu ihrem nächsten Flug war. Sie warf ihm einen bösen Blick zu und murmelte etwas, das man wegen der allgemeinen Hintergrundgeräusche nicht verstehen konnte. Benny schien das alles nicht zu bemerken. Er justierte sein iPhone, sagte "Bitte lächeln" und war schon fertig, che seine Eltern reagieren konnten.

"Das poste ich jetzt auf Facebook. Die Elite-Astronautin startet wieder im Auftrag der Menschheit."

"Lass das sein, Benjamin", schimpfte Anne. "Du sollst nicht so übertreiben."

Benny grinste frech. "Wenn du auf dem Weg zum Mond bist, kannst du mir das gar nicht verbieten."

Anne sah zu Olaf in der Hoffnung auf Schützenhilfe.

Der grinste jetzt auch. "Wo er recht hat, hat er recht. Er ist eben genauso stur wie seine Mutter."

"Ich bin nicht stur. Es ist nur, weil ..." Anne zögerte kurz. Dann machte sie eine Handbewegung, als ob sie etwas wegwischen wollte. "Ach, lassen wir das. Ich weiß, dass ihr mich liebhabt und ich habe euch auch lieb. Das ist doch das Wichtigste."

Anne bückte sich und nahm Laura, die Kleine, auf den Arm. Laura konnte nichts mit dem Weltraum anfangen. Sie wusste nur, dass er groß und weit weg war, und dass ihre Mutter sich anschickte, dort hinzufliegen. Deshalb war sie still.

Anne drückte sie fest. "Du bist mein Goldschatz und du musst jetzt nicht traurig sein. Papa wird auf euch aufpassen. Er macht das ganz toll. Und in ein paar Wochen bin ich wieder zurück."

Dann kam Benny dran, der viel zu groß war, als dass Anne ihn hätte auf den Arm nehmen können. Das hätte er auch mit Sicherheit nicht mehr gewollt. "Treib's nicht zu doll auf Facebook, wenn ich weg bin."

"Ich werde jeden Tag etwas über dich posten. Da kriege ich über tausend Fans."

Bestimmt noch mehr, dachte Anne. Wenn die Presse herausfand, dass ihr eigener Sohn als Nachrichtenquelle dienen konnte - und das würde sie herausfinden - dann war es um die Ruhe der Familie schlecht bestellt. Aber darum konnte sich Olaf kümmern. Der hatte schließlich Kommunikationswissenschaften studiert und war im Blick auf die Presse Profi.

Zum Schluss der Verabschiedung kam Olaf dran. "Danke, dass du auf die Kinder aufpasst. Das ist eine große Erleichterung für mich."

"Ist schon okay. Ich habe kein Verlangen mehr, auf den Mond zu fliegen. Das eine Mal hat mir gereicht. Wenn ich mich daran erinnere, mondisch zu denken, wird mir jetzt noch schlecht."

Seine erste und einzige Mondexpedition hatte tatsächlich Spuren bei ihm hinterlassen. Olaf kam aus der Schweiz, er liebte die Berge, und Höhe hatte ihm nie etwas ausgemacht. Aber seit seinem Sprung über die Mondschlucht konnte er in kein tieferes Loch mehr sehen.

"Wir haben überlebt", erinnerte ihn Anne.

"Ja. Aber noch mal brauche ich das nicht."

"Dieses Mal wird alles ganz anders. Wir werden keine Feinde im Team haben. Wir haben alle EIN Ziel."

"Anders muss nicht bedeuten 'besser'. Niemand weiß, was euch erwartet." Olaf strich Anne eine Strähne aus dem Gesicht. "Komm einfach gesund wieder. Das reicht mir schon."

"Das werde ich." Anne gab Olaf einen Kuss. Dann sah sie auf die Uhr. "Ich muss los."

Sie beugte sich noch mal zu Laura. "Ihr fahrt jetzt zu Terminal 2 und geht dort in den McDonald's. Von dort könnt ihr prima sehen, wie mein Flugzeug startet."

Das Stichwort McDonald's besserte Lauras Stimmung erheblich. Sie konnte sogar schon wieder lächeln.

Anne nahm ihr Handgepäck und machte sich auf den Weg zu den Sicherheitsschleusen. Nach ein paar Metern drehte sie sich um und winkte ein letztes Mal.

War solch eine Familie nicht der größte Schatz? Mehr wert als alles, was auf dem Mond liegen konnte? Eine Stimme in Anne sagte "ja". Aber da war noch die andere Stimme. Die sagte: "Das Schicksal hat dich für etwas bestimmt. Diese alte Schraube wollte von dir gefunden werden - und du bist noch nicht fertig damit. Sie ist nur der Anfang von etwas Neuem."

Neun Jahre war es jetzt her, dass Anne wegen einer fremdartigen Schraube zu einer Mondexpedition aufgebrochen war und einen Hinweis auf das Vermächtnis einer Zivilisation gefunden hatte, die vor ihnen auf der Erde gelebt hatte, einer ersten Menschheit. Was auf den ersten Blick verrückt klang, war bei genauerem Hinsehen durchaus plausibel. In der langen Geschichte der Erde war genügend Platz für eine erste Menschheit. Sie hatte die Erde besiedelt und war wieder untergegangen, ohne dass die heutigen Menschen etwas von ihnen geahnt hatten. Das hatte die traditionelle Wissenschaft ziemlich durcheinandergebracht und manchen Widerspruch hervorgerufen, aber inzwischen hatten bis auf ein paar hartgesottene Skeptiker alle diese neuen Tatsachen akzeptiert. Diese ersten Menschen nannten sich Lantis, wie man von den drei Folien wusste, die Annes Expedition vom Mond mitgebracht hatte. Die Lantis hatten eine blühende Zivilisation gehabt, bis sie durch einen herabstürzenden Meteor ausgelöscht wurde. Diese Tatsache war auch schon vor der Entdeckung auf dem Mond wissenschaftlich gesichert und versöhnte die Historiker. Solch ein Meteoriteneinschlag kam alle paar Millionen Jahre vor und könnte auch heute jederzeit passieren. Die Lantis waren darauf genauso wenig vorbereitet gewesen, wie es die Menschen heute waren, aber sie hatten immerhin weitergedacht. Sie hatten ein Erbe für eine nachfolgende Zivilisation auf dem Mond deponiert. Dadurch war es vor jeglichen irdischen Katastrophen sicher und konnte nur von denen geborgen werden, die sich selbst schon weit genug entwickelt hatten, um etwas Sinnvolles damit anfangen zu können.

Für die heutigen Menschen stellte dieses Erbe einen unermesslich wertvollen Schatz dar. Wissenschaftler waren bis vor Kurzem davon ausgegangen, dass bei der damaligen Katastrophe neunzig Prozent aller Arten unwiederbringlich vernichtet worden waren. Neunzig Prozent - für die es jetzt wieder Hoffnung gab. Vorausgesetzt, er hatte die Jahrmillionen überdauert und man konnte diesen Schatz bergen.

Diese Gedanken kreisten in Anne, seit sie vom Mond zurückgekehrt war. Jeden Tag und vor allem jede Nacht musste sie daran denken. Was waren das für Menschen gewesen? Und was hatten sie ihnen wirklich hinterlassen? Natürlich kannte sie die Folien auswendig. Sie standen für jeden als hochaufgelöste Fotos im Internet. Anne hatte als eine der Wenigen sogar Zutritt zu den Originalen. Anne kannte auch noch den kleinsten Kratzer. Trotzdem hatte sie den Eindruck, noch längst nicht alles zu wissen. Irgendetwas fehlte, aber was? Neun Jahre, über dreitausend Tage und Nächte hatten ihr keine Antworten gegeben. Die gab es mal wieder nur auf dem Mond.

Ein Warnton riss Anne aus ihren Gedanken. Die Sicherheitsschleuse.

Eine junge Frau in Uniform bat Anne zur Seite. "Wahrscheinlich die Kette", meinte sie.

Natürlich. Die Kette mit ihrem Mondstein. Anne hatte nicht daran gedacht, sie abzunehmen. Der Stein war für sie kein Fremdkörper, den man bei Bedarf zur Seite legte oder ihn austauschte. Der Stein war ein Teil von ihr.

Die Sicherheitsbeamtin war zufrieden, als der Sensor außer der Kette nichts fand. Anne durfte weitergehen, ohne die Kette ablegen zu müssen.

4

Mit ihrem Koffer in der linken und dem Handgepäck in der rechten Hand ging Anne durch die Tür, die von der Zollkontrolle zur Ankunftshalle des Flughafens Orlando in Florida führte. Da stand er, Walter Bullrider, immer noch so groß und eckig wie ein amerikanischer Kühlschrank, mit einer Frisur, die seinen Kopf auch wie einen Quader aussehen ließ. Trotz der in Florida herrschenden Hitze trug der Kühlschrank einen dunklen Anzug, was ihn noch wuchtiger erscheinen ließ.

Als Walter Anne entdeckte, nahm er seine Sonnenbrille ab und lächelte. „Herzlich willkommen in Florida."

So förmlich kannte Anne ihn gar nicht. Sie hatte Walter beim Astronautentraining im tropischen Kourou vor zehn Jahren nur in Shorts und T-Shirt gesehen und später dann in Astronautenkleidung. Jetzt wirkte er wie ein zu groß und breit geratener Gentleman, der ihr auch noch politisch korrekt die Hand hinhielt.

Anne ging an der ausgestreckten Hand vorbei, stellte sich auf die Zehenspitzen und gab Walter einen Kuss auf die Wange. „Wenn man sich gegenseitig das Leben gerettet hat, gibt man sich nicht mehr die Hand."

Walter schüttelte den Kopf. „Ihr spinnt immer noch, ihr Europäer."

Anne musste lachen. Walter hatte sich kein bisschen verändert, trotz Anzug. „Wenn du tatsächlich ein Gentleman sein willst, würdest du jetzt mein Gepäck nehmen und mich führen."

Walter tat so, als müsste er nachdenken. „Wie du dich sicher erinnerst, bin ich sehr für Gleichberechtigung, aber bei dir mache ich mal eine Ausnahme."

Walter nahm Annes Gepäck mit einer Leichtigkeit, als hätte sie nur Luft in ihren Koffern.

„Was macht das Ergebnis eures Experiments?", fragte er auf dem Weg zum Auto.

Anne wusste, dass Walter auf den Rückflug vom Mond anspielte, auf dem sie und Olaf das nachgeholt hatten, was sie jahrelang versäumt hatten. Walter hatte den Flug überwacht und ansonsten diskret mit Kopfhörern seine Musiksammlung hinauf- und hinuntergehört.

„Oh, Benny wächst und gedeiht. Er ist sehr aufgeweckt und wäre am liebsten mitgeflogen."

„Ob das an seiner Zeugung im Weltraum liegt?" Walter machte ein zweifelndes Gesicht. „Oder an seiner Mutter? Wahrscheinlich an beidem", sagte er grinsend.

Anne stieß Walter mit ihrem Ellenbogen in die Seite. Ach, es tat so gut, wieder an die alten Zeiten erinnert zu werden. Es fühlte sich an, als wäre die Rückkehr von ihrer Mondexpedition erst letzte Woche geschehen. Dabei waren so viele Jahre vergangen. Jahre, die so voll gewesen waren, dass Anne kaum zur Ruhe gekommen war. Familiengründung, Forschung an den Folien der Lantis, Vortragsreisen, Navigationsausbildung für künftige Astronauten, von denen es zurzeit kaum genug geben konnte. Am besten kam in ihren Kursen die Reihe „mondisch denken" an, in der es darum ging, sich in seinem Denken ganz auf die Gegebenheiten einer fremden Welt einzulassen.

Langeweile hatte Anne niemals gehabt - nur Sehnsucht. Und die jede Minute. Anne wollte ein zweites Mal auf den Mond. Sie MUSSTE alles über die Lantis wissen. Dieses Verlangen tat fast körperlich weh - und jetzt, auf den ersten Schritten zu diesem Ziel hin, ließen die Schmerzen ein wenig nach.

Walter verstaute Annes Gepäck im Kofferraum seines großen Audi-SUV. Es verschwand fast darin.

Anne klopfte auf den Kotflügel, so wie Walter damals auf die Außenwand der europäischen Rakete. „Du vertraust europäischem Blech? Und das freiwillig?"

„Fährt mit bestem amerikanischem Strom", frotzelte Walter zurück. „Dann geht sowas."

„Na dann", sagte Anne und stieg ein.

Das europäische Blech brachte Anne und Walter sicher zum wiederaufgebauten Weltraumbahnhof Cape Canaveral - genauso, wie das amerikanische Blech die beiden Astronauten wenige Wochen später auf den Weg zum Mond flog.

Die Raumkapsel bot nur unwesentlich mehr Platz als Walters Audi. Man hatte jeden Kubikzentimeter für Ausrüstung ausgenutzt. Sie hatten nur diese eine Chance, und da niemand wusste, was auf die beiden wartete, musste man auf alles vorbereitet sein. Das war der eine Grund, dass sie nur zu zweit flogen. Der andere war: Zwei Leben zu riskieren, war genug. Ein drittes musste nicht sein.

Olaf wusste nichts von diesem Risiko. Anne hatte zwar eine Verschwiegenheitserklärung unterschrieben, aber gegenüber ihrem Mann hätte sie trotzdem geredet - wenn sie es gewollt hätte. Das Schweigen war ihr nicht leicht gefallen. Sie liebte ihre Familie. Aber dann waren da die ganzen Argumente, wie wichtig dieser Flug war, und diese Argumente waren nicht nur theoretisch. In welcher Welt sollten ihre Kinder aufwachsen? In einer, die zerstritten war, und in der jeder gegenüber jedem seinen eigenen Vorteil suchte? Oder in einer Welt mit einer großartigen Perspektive? Und dann gab es noch tief in ihrem Inneren diesen unwiderstehlichen Sog. Sie musste diesen Weg gehen, um jeden Preis der Welt. Er gehörte zu ihrem Leben wie der erste Atemzug nach ihrer Geburt. Hoffentlich würde es nicht ihr letzter werden. Als nüchtern kalkulierende Mathematikerin wusste Anne auch um diesen möglichen

Ausgang, und dass die Wahrscheinlichkeit dafür eigentlich viel zu groß war. Für diesen Fall hatte sie ein Video vorbereitet. Es war an sicherer Stelle deponiert - und würde hoffentlich nie gebraucht werden.

5

„Der neue Wetterbericht kommt rein", sagte Anne.

Walter unterbrach seine aktuelle Arbeit, das Weltraumwetter war enorm wichtig. Ein starkes Ansteigen des Sonnenwindes hätte ihren Landeanflug deutlich verzögert. Solch ein energiegeladener Partikelstrom konnte wertvolle Anlagen unwiederbringlich zerstören und in der Anfangszeit hatten die Menschen dadurch einige teure Satelliten verloren. Inzwischen gab es ausreichend Vorwarnzeit, so dass die Betreiber ihre Satelliten für die Zeit eines starken Sonnensturms herunterfahren konnten. Die Bewohner der Internationalen Raumstation suchten Schutzräume auf - und die Bewohner der nördlichen Breitengrade auf der Erde freuten sich über die besonders ausgeprägten Nordlichter.

„Alles im grünen Bereich", sagte Anne. „Keine ungewöhnliche Sonnenaktivität. Wir haben Glück."

„Haben wir nicht", sagte Walter. Er deutete auf eine Nachricht, die soeben auf seinem Monitor erschien. „Die Chinesen melden einen Meteoriten im Anflug."

„Jetzt erst? Warum haben wir das nicht früher erfahren?"

Vor fünf Jahren hatten die Nationen sich auf ein Meteoritenfrühwarnsystem geeinigt, das in der Folgezeit installiert worden war. Solch eine Katastrophe wie vor fünfundsechzig Millionen Jahren konnte jederzeit wieder passieren, und die Menschen waren alles andere als vorbereitet. Die Sonden dieses Systems suchten in Verbindung mit starken erdgebundenen Teleskopen den Weltraum rund um die Erde ab.

Walter zuckte die Schultern. „Hier oben fliegt einfach zu viel herum. Das wird man nie alles erfassen können."

„Ist auch nicht so wichtig", sagte Anne. „Die Wahrscheinlichkeit, dass uns so ein Ding trifft, ist geringer, als wenn zwei Jäger in die Luft schießen und die Kugeln sich treffen. Gib mir die verfügbaren Daten und ich berechne den Kurs."

Walter tippte einige Befehle. „Auf der Erde sind sie auch schon am Rechnen. Sie haben ihn Mephisto getauft."

„100 - 140 Meter im Durchmesser und etwa 80.000 Kilometer pro Stunde schnell", murmelte Anne, während sie die Daten in ihr eigenes Kursberechnungsprogramm eingab. Natürlich gab es Standardprogramme für diese Aufgabe. Anne kannte sie alle, denn entweder hatte sie daran mitgearbeitet oder sie zumindest eingehend geprüft. Trotzdem schwor sie auf ihr eigenes Programm. Das hielt sie immer auf dem neuesten Stand und beschleunigte es darüber hinaus mit einigen nicht standardmäßigen Kniffen.

„Wenn der auf der Erde einschlagen würde, wäre es aus mit uns", sagte Walter.

„Wird er nicht, so viel kann ich jetzt schon sagen."

Bevor von der Erde ein Ergebnis kam, entstand auf Annes Monitor schon eine breite, verwaschene Linie. Die erste Kursprognose. Jetzt trafen auch erste Daten von der Erde ein. Die Linie wurde schnell schmaler, das hieß, die Prognosen wurden genauer. Sie führte in etwa 22.000 Kilometer Abstand an der Südseite des Mondes vorbei, für kosmische Maßstäbe ein Katzensprung.

„Schade", meinte Anne. „Es hätte ruhig etwas näher sein können. Ich hätte gerne mal einen Meteoriten mit eigenen Augen aus der Nähe gesehen."

Zwei Stunden später entdeckte Anne einen schwach leuchtenden Punkt. Er schien still im schwarzen Nichts zu stehen, obwohl er sich fast dreißig Mal so schnell bewegte wie eine Gewehrkugel. Man sah ihm nicht an, dass er zum tödlichen Geschoss werden konnte, das mehr Energie freisetzen würde als alle jemals gebauten Atombomben zusammen.

„Ich habe etwas für dich", sagte Walter. „Die Chinesen waren fleißig. Mit dem Himmelspalast waren sie in der optimalen Position und haben mit ihren Teleskopen einige Bilder geschossen. Hier kommt Mephisto."

Der Meteorit sah aus wie eine unförmige Kartoffel. Anne konnte kleinere Einschläge auf der Oberfläche erkennen, ein Zeichen, dass er schon lange unterwegs war, Millionen oder sogar Milliarden Jahre. Die Kartoffel drehte sich langsam um sich selbst. Jetzt kam die Rückseite ins Blickfeld. Sie sah vollkommen anders aus, zerklüftet, mit zahlreichen Vorsprüngen und Spalten.

„Wahrscheinlich kommt er aus dem Asteroidengürtel", meinte Walter. „Das muss ordentlich gekracht haben, als da zwei Brocken zusammengestoßen sind und diesen hier aus der Bahn gekickt haben."

Anne sah auf den prognostizierten Kursverlauf, der jetzt mit 99,9-prozentiger Wahrscheinlichkeit feststand. „Und in ein paar Millionen Jahren wird er in die Sonne stürzen und für immer verschwunden sein. Wir werden ihn nie mehr wiedersehen."

Ein Blick aus dem Fenster zeigte, dass er jetzt schon für menschliche Augen unsichtbar war. Einige Teleskope würden ihn noch ein paar Tage verfolgen und sich dann neuen Zielen zuwenden. Mephisto war ungefährlich und damit uninteressant.

„Die Chinesen schicken schon wieder was", sagte Walter. „Sie haben ihren letzten Aufklärungssatelliten geopfert, um uns mit den neuesten Bildern zu versorgen."

Anne und Walter studierten die Ergebnisse.

„Fuck! Sie hätten ihren Satelliten besser behalten. Mit jedem neuen Bild sieht die Landeregion schlechter aus."

„Was beschwerst du dich?", fragte Anne. „Wäre die Landung einfach, hätten sie auch Grünschnäbel schicken können. Nur weil es so übel aussieht, bist du hier."

Walter grunzte. „Trotzdem macht es keinen Spaß, in der Hölle zu landen."

„Jetzt kannst du beweisen, was du drauf hast."

Anne zog ein Foto aus einer Mappe und heftete es neben ihren Monitor. Es zeigte ihren Mann und ihre Kinder, die ihr fröhlich zuwinkten.

„Die hier will ich wiedersehen. Also streng dich an."

Walter griff in eine Seitentasche seines Anzugs und holte ebenfalls ein Foto hervor. Es war verknittert, aber man konnte deutlich einen schlanken, jungen Mann erkennen. Er trug Uniform.

„Ich habe meinem Sohn zwei Karten für den nächsten Super-Bowl geschenkt. Wir werden zusammen dorthin gehen, verlass dich drauf."

Walter heftete das Bild ebenfalls neben seinen Monitor. Dann schloss er seinen Anzug. Anne tat es ihm nach. Eine direkte Kabelverbindung zwischen ihren Anzügen sorgte für störungsfreie Kommunikation.

„Ab in die Hölle", hörte Anne.

Das Antriebsmodul für den Rückflug blieb hinter der Landeeinheit zurück. Es würde in einer stabilen Umlaufbahn warten, hoffentlich nicht vergeblich.

Anne verglich die vorausberechneten Anflugvarianten, um nach den aktuellsten Erkenntnissen die optimale zu bestimmen. Sie würden sich ihrem Ziel vom Zentrum des Einschlagkraters her nähern, wo es noch einigermaßen übersichtlich war. Kurz vor dem eigentlichen Landeplatz vermutete Anne einige schwerwiegende Hindernisse, aber Genaues ließ sich jetzt noch nicht sagen. Ein Kurs von der anderen Seite her, über den Kraterrand hinweg, würde sie dazu zwingen, senkrecht von oben auf einer abfallenden Schräge zu landen, die vermutlich aus Geröll bestand. Die Gefahr, das Ganze ins Rutschen zu bringen, war zu groß.

Die Anzeige für die Stärke der Störstrahlung bewegte sich in den gelben Bereich. Auf der Erde hatten sie lange diskutiert, ob diese Strahlung Absicht war, also eine Art Verteidigung oder eine letzte Prüfung. Die Beständigkeit der Strahlung sprach dagegen. Sie war weder zielgerichtet, noch veränderte sie sich bei Annäherung. Sie schien aus einem atomaren Zerfallsprozess zu stammen, der aus unbekannten Gründen ablief. Die Wissenschaftler vermuteten einen ähnlichen Effekt wie bei kosmischer Strahlung, die bei hochintegrierten Schaltkreisen von Computern für Fehlberechnungen sorgen konnte. Dementsprechend hatte man ihre Systeme abgeschirmt. Außerdem wurde jede Berechnung von drei unabhängigen Computern durchgeführt und nur dann ein Ergebnis ausgegeben, wenn zwei übereinstimmten.

„Linie Null überschritten", meldete Walter.

Linie Null markierte die Entfernung zum Ziel, bei der der letzte Satellit ausgefallen war. Noch hielt ihre spezielle Abschirmung, aber es dauerte immer länger, bis sich die Kursanzeigen auf ihren Monitoren aktualisierten.

Walter schaltete alle Scheinwerfer ein, die sie aufbieten konnten.

Anne machte eine letzte Aufnahme vom Zielgebiet. Der Restlichtverstärker und die Bildoptimierungsprogramme malten den Eingang in eine Schlucht und Umrisse von Felsnadeln auf ihre Bildschirme. Anne druckte das Bild aus, denn erst dann war es gesichert.

„Die Funkverbindung zur Erde ist unterbrochen", sagte Anne.

„Es gibt Schlimmeres", antwortete Walter und deutete nach vorne.

Die Landeinheit bockte, als ob sie über eine Eisenbahnschwelle gefahren wären. Walter bearbeitete seine Tastatur.

„Automatik abgeschaltet. Wir fliegen zu hundert Prozent manuell."

Walter hatte noch nicht ausgeredet, da wurde es finster. Sie hatten die Schattenzone erreicht. Noch etwa zwei Kilometer bis zum Ziel.

Die Monitore wurden schwarz. Damit hatten die Konstrukteure der Landeinheit gerechnet, weshalb sie extragroße Fenster eingebaut hatten. Walter musste auf Sicht fliegen, ohne jegliche elektronische Unterstützung.

„Navigationscomputer ausgefallen", meldete Anne wie nebenbei. Sie war schon dabei, manuell zu rechnen.

Anne hielt Walter einen Ausdruck hin, auf dem sie mit Leuchtstift einige Stellen markiert hatte. Eine rote Linie schlängelte sich zwischen den Markierungen hindurch.

„Du musst eine Achtzig-Grad-Kurve fliegen, schaffst du das?"

„Was ist, wenn ich nein sage?"

„Dann sind wir tot."

„Also, ja!"

Die erste markierte Stelle kam schnell näher. Ein riesiger Felsvorsprung.

„Das ist keine Säule", rief Walter. „Das ist eine kleine Wand, verdammt."

Das hatten sie von vorne nicht sehen können.

„Die Kurve vor der nächsten Felsnadel ist zu eng."

„Wir müssen durch. Anders geht es nicht."

Walter kippte die Landeinheit zur Seite, um mehr Düsen zur Verzögerung einsetzen zu können.

Die Nadel kam näher.

Am Seitenfenster huschte etwas vorbei. Anne erkannte eine längliche Silhouette, ein Container der Lantis. Sie hatte keine Sekunde Zeit, genauer hinzusehen. Vor dem anderen

Fenster wuchs die Felsnadel, jetzt grell angestrahlt von ihren Scheinwerfern.

Sie kam näher.

Anne hielt die Luft an.

Walter fluchte.

Die Landeeinheit wurde langsamer ... aber es reichte nicht. Ein lautes Knirschen tönte durch die Kapsel. Die Felsnadel verschwand in absoluter Finsternis.

„Es hat die rechten Scheinwerfer erwischt", brüllte Walter in den Krach hinein."

Anne versuchte sich der Teile zu erwehren, die durch die Kapsel flogen. Die Erschütterung hatte Unterlagen und andere Sachen losgerissen.

„Noch vierhundert Meter bis zum Ziel", rief sie zurück.

„Ich kann nichts mehr sehen", rief Walter.

Das lag nicht an den fehlenden Scheinwerfern, denn die an der linken Seite waren ja noch intakt. Aber das heftige Bremsmanöver und die anschließende Kollision hatten so viel Mondstaub aufgewirbelt, dass sie nur noch Schlieren erkennen konnten.

„Wir müssen landen! Eine zweite Kollision überleben wir nicht!"

Ob sie die erste Kollision überlebt hatten, stand auch noch nicht fest. Wenn die innere Hülle einen Riss bekommen hatte, hatten sie ein tödliches Problem.

Walter schloss die Augen. Hinter der Felsnadel war im letzten Moment eine schräge Geröllebene sichtbar geworden. Er versuchte, sich das Bild ins Gedächtnis zu rufen, das er vor der Kollision gesehen hatte. Zum Glück war die Landeeinheit nicht mehr schnell. Nach etwa zwanzig Metern setzte er auf.

Anne spürte den Ruck, als die Landestützen den Boden berührten.

Die Einheit neigte sich zur Seite.

Walter versuchte, mit den Hydraulikstützen auszugleichen.

Es gelang. Teilweise. Und nur kurz.

„Wir rutschen", rief Anne. Sie hielt sich instinktiv fest, obwohl das natürlich sinnlos war. Sie war fest angeschnallt.

Walter betätigte in schneller Folge die Steuerungsdüsen. Es ruckelte einige Male. Unter ihnen knirschte es wieder.

Die Bewegung hörte auf. Es wurde still. Vor den verbliebenen Scheinwerfern waberte der Mondstaub dichter als zuvor.

„So viel zu der Frage, ob man hier Grünschnäbel hinschicken kann", sagte Walter.

6

„Systemstatus?"

„Innendruck konstant", sagte Anne.

Sie hatten kein Leck. Das war eine gute Nachricht.

„Die Luftaufbereitungsanlage arbeitet nur zu fünfzehn Prozent."

Das war die Auswirkung der Störstrahlung, die so nah an ihrer Quelle ziemlich stark war. Damit hatten sie gerechnet.

„Und die Sauerstofftanks?"

„Der an der rechten Seite verliert schnell an Druck. Der linke ist stabil."

Anne öffnete ihren Helm. „Dann atmen wir die Luft, solange wir sie haben. Wie viel Zeit bleibt uns?"

„Etwa zwölf Stunden plus vier Stunden mit der Luft unserer Anzüge."

„Also sollten wir anfangen zu arbeiten", sagte Anne.

Walter schnallte sich los, um weitere Systeme zu kontrollieren. Anne begann, die Scheinwerfer in schneller Folge aus- und einzuschalten. Morsezeichen. Eine Funkverbindung gab es erwartungsgemäß nicht, also war das die einzige Möglichkeit, die Menschen auf der Erde über ihre Landung zu unterrichten. Anne wusste, dass alle Teleskope im Himmelspalast und auf der Erde in diesem Moment ihren Standort anpeilten. Ob durch den aufgewirbelten dichten, Mondstaub genug Licht nach außen drang, konnte sie nur hoffen. Sie gab ihre Nachricht zweimal durch. Das musste genügen. Sie hatten anderes zu tun.

Anne folgte Walter nach draußen.

Ihre Sicht betrug etwa drei Meter. Das war nicht viel. Der Staub reflektierte das Licht ihrer beiden Helmscheinwerfer grell weiß, so dass sie den Eindruck hatte, in einer

Schüssel voller Milch zu stehen. Anne schaltete ihre Scheinwerfer aus und sah rechts von sich einen anderen Lichtkegel, den von Walter. Er stand hinter der Landeeinheit. Zwei Sprünge in der niedrigen Schwerkraft brachten sie zu ihm.

In ihrem Empfänger knackte es.

„Willkommen auf deinem Lieblingsmond", sagte Walter.

Gut. Auf kurze Entfernung funktionierte der Funk doch. Das machte vieles einfacher.

„Wie sieht unsere Kapsel aus?", fragte Anne.

„Geht so. Die Hydraulikstützen stecken im Geröll fest, aber die brauchen wir für den Start nicht. An der Bergseite blockieren einige Felsbrocken einen Start, aber mit ein bisschen Arbeit kriege ich die weg. Dann wird auch die Ladeluke für unseren Schweber frei."

„Wie lange?"

„Fünf bis zehn Stunden. Je nachdem, wie viel nachrutscht."

Das war schlecht. Wenn sie Pech hatten, blieb nicht mehr genug Zeit für ihre eigentliche Aufgabe. Sie mussten den fraglichen Container suchen und dann noch eine Möglichkeit finden, die Störstrahlung auszuschalten.

„Ich kümmere mich um die Strahlung und du schaufelst den Weg für unsere Heimfahrt frei", sagte Anne.

Walters Scheinwerfer bewegten sich nach rechts und links. Er schüttelte den Kopf.

„Ich kann dich nicht alleine losziehen lassen. Das ist zu gefährlich. Wir sollten zusammenbleiben."

„Was nützt es, wenn wir die Strahlung gemeinsam finden und danach zusammen verrecken? Dazu habe ich keine Lust."

Anne sah auf die Staubpartikel vor ihrem Visier. Wegen der geringen Schwerkraft sanken sie nur langsam. Wenn Walter die Steinbrocken beiseite sprengte oder schob, würde neuer Staub hinzukommen. Vor einem Start musste man ihm Zeit lassen, sich zu setzen. Deshalb konnten sie die Räumaktion nicht kurz vor dem Start durchführen.

„Es ist nicht weit. Drei- bis vierhundert Meter. Das schaffe ich."

Anne drehte sich um und ging zur Luke der Landekapsel, um ihre Ausrüstung zu holen.

Der Rucksack mit dem Werkzeug, den Sprengkapseln und unzähligen weiteren Utensilien passte perfekt über das Lebenserhaltungssystem, das Anne ohnehin auf dem Rücken trug. Auf der Erde hätte er vierzig Kilo gewogen und Anne hätte damit kaum einen Schritt tun können. Auf dem Mond wog er etwa sieben Kilo, nicht leicht, aber doch erträglich. Gegenüber ihrer Ausrüstung vor zehn Jahren war alles perfektioniert worden. Der Anzug war zwar nicht leichter, aber nahezu unzerreißbar. Kleinere Löcher konnte er selbstständig abdichten. So etwas wie damals mit Walter, der an einem kleinen Schlitz fast gestorben wäre, durfte nie wieder passieren. Die eingebaute Technik funktionierte wegen der Störstrahlung nur zum Teil, seine vollen Qualitäten konnte der Anzug erst nach Ausschalten der Strahlung entfalten. Anne hoffte, dass dies innerhalb der nächsten zwei bis drei Stunden erledigt wäre.

Sie blickte auf eine Anzeige an ihrem Handgelenk. Ein einfacher Zeiger wies in die Richtung, aus der die Strahlung am stärksten eintraf. Simpel, aber ausreichend. Es schien am einfachsten, ohne Steigung am Hang entlang zu gehen, trotzdem entschied sie sich dafür, zunächst etwas an Höhe zu gewinnen. Dort musste der Staub dünner werden, so dass sie mit ihren Helmscheinwerfern weiter sehen konnte als die nächsten Schritte.

Drei Minuten und ungefähr zwanzig Meter weiter konnte Anne die Landekapsel schon nicht mehr erkennen, nur die Lichtglocke, die die Scheinwerfer in der Staubwolke produzierten. Weitere drei Minuten später wurde auch dieses Restlicht immer diffuser. Bald würde auch dieser Orientierungspunkt verschwunden sein. Anne tastete nach hinten. Ja, das Kabel saß fest. Kaum einen Millimeter dick, leicht, aber hochfest verband es Anne mit der Landekapsel. Es war einen halben Kilometer lang, ihre Lebensversicherung. So würde sie den Rückweg auch ohne Instrumente finden und Walter konnte ihr zur Not folgen, ohne lange suchen zu müssen.

„Alles o.k.?", knarzte es in ihrem Ohr.

„Alles bestens. Das Kabel ist weniger störanfällig als Funk. Ich komme gut voran und gehe jetzt weiter."

Anne machte zwei Sprünge hangaufwärts. Außer etwas wie milchiger Brühe zeigten die Scheinwerfer nichts. Wirklich nichts? Malte sich da nicht ganz schwach ein Schatten ab?

Anne sprang mit halber Kraft. Vor ihr wurde es dunkler. Da war etwas. Hoffentlich war das nichts, was sie zu einem größeren Umweg zwingen würde. Die Sicht war bei Weitem zu schlecht, um sich um viele Hindernisse herum zu kämpfen.

Zwei weitere Schritte und Anne war so nahe am Hindernis dran, um Einzelheiten erkennen zu können. Die Oberfläche war rau, aber doch ganz anders als die üblichen Mondfelsen. Anne fuhr mit einem Handschuh darüber und wischte den Staubfilm beiseite. Ein schwacher, metallischer Glanz schimmerte hervor. Das war niemals ein Stein.

Annes Puls beschleunigte sich.

Was sie hier vor sich hatte, konnte nur eines sein: ein Container der Lantis.

Anne wischte mehr Staub beiseite. Eindeutig Metall. Die Oberfläche war von Einschlägen tausender Mikrometeoriten gezeichnet, die Folgen von fünfundsechzig Millionen Jahren. Sie strahlte etwas Würdevolles, Erhabenes aus.

Anne ging schweigend einmal um den Container herum. Er war etwa zwei Meter lang und anderthalb Meter dick und sah aus wie ein gedrungenes Rohr, das an den Enden mit einem gewölbten Deckel verschlossen war. Anne konnte nur das eine Ende komplett sehen, weil das andere teilweise im Geröll feststeckte. Um das Rohr zog sich vorne und hinten je ein zentimeterdickes Band mit großen Ösen. Wahrscheinlich hatte man die Container mit einer Art Skycrane abgesetzt, wie es die Amerikaner zuletzt bei den Mars-Rovern gemacht hatten. Dieser fliegende Kran musste nicht selbst landen, sondern setzte seine Last an langen Seilen ab.

„Walter, hörst du mich? Ich habe einen Container der Lantis gefunden, nur zwanzig Meter von unserem Landeplatz entfernt. Wir wären fast mit ihm zusammengestoßen."

„Wow", sagte Walter. „Dieser Unfall wäre in die galaktischen Geschichtsbücher eingegangen."

Anne beschrieb den Container und wischte in der Zeit weiteren Staub weg.

„Hier ist etwas eingraviert, ein Zeichen, so groß wie meine Hand."

Sie bückte sich, um das Zeichen ganz sehen zu können.

„Es ist eine lantische Sechs."

„Sechs", wiederholte Walter. „Wahrscheinlich haben sie die Container durchnummeriert. Interessant."

„Hier steht noch mehr."

Anne hätte sich am liebsten sofort daran gemacht, die Zeichen zu entziffern, sie kannte die Schrift der Lantis so gut wie niemand anderes.

„So viel Zeit haben wir nicht", sagte Walter. „Ich brauche hier länger als gedacht. Trotz der geringen Schwerkraft sind die verdammten Brocken kaum wegzubekommen. Sie haben sich ineinander verkeilt."

Das hatte Anne befürchtet, aber sie konnte Walter nicht helfen. Sie musste weiter. Schweren Herzens drehte sie sich um. Der Container verschwand wieder in absoluter Finsternis.

Der Staub ließ jetzt schnell nach und Anne kam gut voran. Zu sehen gab es nichts außer Geröll. Dazu war es totenstill. Die einzigen Geräusche stammten von ihrem Atem und dem von Walter, den sie über das Kabel hörte. Walters Atem ging schwer und manchmal fluchte er leise. Er schien mächtig zu schuften. Kein Wunder, denn es gab keine Alternative. Er musste das Startmodul freiräumen, ihr Leben hing davon ab. Genauer: Der eine Teil ihres Lebens. Die andere Hälfte hing davon ab, ob Anne ihre Aufgabe erledigte.

Anne arbeitete sich konzentriert voran. Nach zweihundert Metern gelangte sie an das erste ernstzunehmende Hindernis. Ein dünner, aber langer Felsvorsprung ragte über ihren Weg. Auf der Erde hätte ihn die Erosion schon lange zum Einsturz gebracht. Die gab es auf dem Mond jedoch nicht. Überhaupt blieben hier gewagte Konstruktionen stehen, die es bei irdischer Schwerkraft gar nicht geben konnte. Anne leuchtete ihn gründlich ab. Er sah brüchig aus, aber doch auch so, als würde er schon seit tausend Jahren hier stehen. Ein Umweg würde viel Zeit kosten.

Drei, vier kräftige Sprünge, bei denen Anne unwillkürlich den Atem anhielt, dann war das Hindernis passiert. Die nächste Biegung kam - und dann sah sie ihr Ziel.

Der Container lag an einer Wand, eingeklemmt zwischen großen Felsen, und er wirkte, als wäre er nicht ganz sanft dort gelandet. Beim Näherkommen erkannte Anne einen dicken Riss, der oben schmal anfing und nach unten immer breiter wurde. Der Riss ging quer durch das Zeichen, das bei den Lantis für eine Fünf stand. Der fünfte Container also.

Der Sensor für die Störstrahlung zeigte den höchsten jemals gemessenen Wert. Anne hatte die Quelle gefunden. Und diese war, wie erwartet, nicht aus böser Absicht entstanden, sondern ganz offensichtlich als Folge eines Unfalls.

Anne brachte Walter auf den neuesten Stand.

„Sehr gut. Meinst du, du kannst die Quelle direkt ausschalten? Oder musst du den Container sprengen?"

Den Container sprengen. Das war die allerletzte Möglichkeit. Aber wirklich die allerletzte. Die Container bargen unermessliche Schätze, die für ewig verloren waren, wenn man sie einmal zerstört hatte. Anne hätte für jeden einzelnen dieser Container ihr Leben riskiert.

„Ich werde versuchen, in den Container hineinzusehen. Erst dann kann ich entscheiden."

„Mach das."

Der Riss maß an seiner breitesten Stelle fünfundvierzig Zentimeter. Das war nicht allzu viel, aber für einen ersten Einblick genug. Um an diese Stelle zu gelangen, musste sie zwischen zwei mannshohen Felsen hindurch. Dieser Spalt war etwas breiter als der Riss im Container. Mit etwas gutem Willen würde sie es schaffen. Guten Willen hatte sie reichlich.

7

Anne streifte den Rucksack mit ihrer Ausrüstung ab. Er würde sie bei ihrer Aufgabe nur behindern. Sie musste sich erst einmal ein Bild machen, was sie wirklich an Werkzeug benötigte.

Anne quetschte sich zwischen die Felsen. Sie spürte, wie der Stein an ihrem Anzug schabte, und konnte nur darauf vertrauen, dass er tatsächlich so stabil war, wie es die Vorführungs-Videos zeigten. Allen Beteiligten war klar gewesen, dass es sich bei diesem Einsatz nicht um eine Wissenschaftsmission handelte, bei der man auf harmlosem Gelände herumspazierte und Bodenproben einsammelte. Anne und Walter waren bereit, ihr Leben zu riskieren und Dr. Bardouin, General Kowalev und die anderen hatten alles gegeben, um diese Leben bestmöglich zu schützen. Jeder ihrer Anzüge kostete einen zweistelligen Millionenbetrag. Anne hoffte sehr, dass sie dieses Geld auch wert waren.

Nachdem sie die erste Engstelle hinter sich hatte, überprüfte sie die kritischen Punkte. Ein einziger Ritz, der sich nicht abdichtete, bedeutete ihren sicheren Tod. Das kevlarverstärkte Gewebe hielt. Gut. Mit diesem Wissen kroch sie schneller voran.

Vor dem Container war der Raum so groß, dass sie sich hinknien konnte. Das machte alles einfacher. Der Boden war von einem gelblichen Pulver bedeckt, das offensichtlich aus dem beschädigten Container gerieselt war. Im Container war mehr davon. Füllmaterial. Natürlich. Im Weltraum war so etwas überflüssig, aber wenn man eine empfindliche Fracht gegen die Erschütterungen einer robusten Landung schützen wollte, ergab es Sinn. Man packte die

Container und füllte die verbleibenden Zwischenräume mit Material, das die Stöße abfing.

Anne schaufelte mit ihren Händen das Pulver beiseite. Aus dem Container rieselte es ständig nach. Das war gut, denn das ließ auf Hohlräume im Container schließen, was ihr die Suche nach der Strahlungsquelle erleichtern würde. Wäre alles dicht und eng gepackt, hätte sie ein Problem gehabt und am Ende womöglich doch sprengen müssen.

Etwas anderes machte Anne mehr Sorgen. Die Stärke der Störstrahlung stieg rapide an. Anscheinend hatte das Pulver isolierend gewirkt, was jetzt wegfiel. Als einziges Hindernis für die Strahlung verblieb jetzt die Außenhülle des Containers. Der Zeiger für die Strahlungsstärke war am Ende des roten Bereichs angelangt, und er machte den Eindruck, dass er den kleinen Begrenzungsstab am liebsten wegsprengen würde. Theoretisch sollte die Strahlung keine Auswirkungen auf biologisches Gewebe haben - aber bis zu welcher Strahlungsstärke galt diese Theorie?

Vor Annes Augen zuckten Blitze. Jedenfalls sah es so aus. Sie kannte diesen Effekt seit ihrem ersten Besuch auf der Internationalen Raumstation. Die Teilchen der kosmischen Strahlung lösten diese Blitze aus, wenn sie auf die Netzhaut trafen. Das war gewöhnungsbedürftig, vor allem nachts, wenn man schlafen wollte. Diese Blitze hier waren wesentlich stärker. So viel zu der Theorie „... hat keinen Einfluss auf organisches Material."

Vorsichtig schob Anne ihren Kopf durch die breiteste Stelle des Risses. Der Rand war unregelmäßig gezackt und sie wollte ihren Anzug nicht zu sehr auf die Probe stellen. Auf ihrer Netzhaut tobte ein regelrechtes Gewitter. Die Blitze waren so hell und kamen in so schneller Folge, dass sie automatisch ihre Lider schloss - was nichts nützte, denn die Blitze entstanden ja erst in ihren Augen. Verdammt!

Wie sollte sie dabei etwas in dem Container erkennen, der ja eigentlich stockfinster war? Keine Chance.

Sie zog ihren Kopf aus dem Container zurück. Das Gewitter ließ nach und reduzierte sich zu einzelnen Blitzen.

Doch sprengen? Einfach eine Minibombe hineinwerfen?

Anne robbte zwischen den Felsen hindurch zurück und setzte sich neben den Rucksack mit ihrer Ausrüstung. Sie sah auf ihre Sauerstoffanzeige. Ohne Unterstützung durch das hochmoderne Luftaufbereitungsmodul reichte ihre Luft noch für fünfundzwanzig Minuten.

Walter hatte zwar selbst genug zu tun, aber er war der Spezialist für den Umgang mit dem Sprengstoff. Sie selbst hatte nur eine kurze Ausbildung erhalten.

Anne schaltete die Kabelverbindung ein und brachte Walter wieder auf den aktuellen Stand.

„Okay, wenn du es noch mal riskieren willst, in den Container hineinzusehen, dann reicht vielleicht die Erbse. Aber nur, wenn du sie gezielt platzieren kannst. Ansonsten nimmst du die Kirsche, und wenn du ganz sicher gehen willst, die Aprikose."

Trotz der angespannten Situation musste Anne über Walter schmunzeln. Er hätte auch „Ladung Klasse 1" und „Klasse 2" sagen können, aber er zog die anschaulichere Variante vor.

„Alles klar, ich werde mir einen passenden Obstkorb zusammenstellen. Räum du schön weiter auf, damit alles sauber ist, wenn ich nach Hause komme."

Anne fischte drei erbsengroße Sprengsätze aus dem Rucksack, einen kirschgroßen und einen aprikosengroßen. Die waren leicht in den normalen Taschen ihres Anzugs zu verstauen. Dazu kamen ein Teleskopgreifer und die Leuchtpistole. Sie war erleichtert, nicht mit den harten Sachen umgehen zu müssen. Die „Äpfel" hatte sie in Übungen als ziemlich beeindruckend erlebt und die „Melonenhälften" hatte sie einmal gesehen - und das hatte ihr gereicht. Sie waren als Mittel letzter Wahl gedacht, wenn man den Störsender in einem intakten Container lokalisiert hätte, den man mit den anderen Werkzeugen nicht hätte knacken können. Mit den Melonenhälften konnte man ganze Gebäude pulverisieren.

Siebzehn Minuten.

Anne nahm sich fest vor, zuerst nur die Erbsen zu benutzen. Falls das nicht reichen sollte, konnte sie immer noch die größeren Ladungen nehmen. Dafür sollte die Zeit reichen.

Die Passage zwischen den Felsen hindurch dauerte nur zwei Minuten. Sie bekam Übung.

Eine Minute dauerte es, die Erbse an dem Teleskopgreifer zu befestigen und scharfzumachen. Auf der Erbse gab es nur einen Knopf und eine Anzeige mit einer Zahl. Einmal gedrückt hieß Sprengung in einer Minute. Anne drückte dreimal und zum Schluss einen Doppelklick. Die Zeit lief.

Anne steckte ihren Kopf durch den Spalt. Trotz der knappen Zeit vorsichtig. Das Gewitter in ihren Augen begann. Blitze im Zehntelsekundentakt. Sie wusste, in welche grobe Richtung sie sich drehen musste. Dahin schoss sie die Leuchtpatrone ab.

In dem begrenzten Raum des Containers wurde es gleißend hell. Für den Bruchteil einer Sekunde erkannte Anne tatsächlich eine metallische Halbkugel. Ein Stück der Seitenwand fehlte. Die Blitze in ihren Augen gewann wieder die Oberhand. Anne hatte das Gefühl, dass ihr das Denken schwerer fiel als sonst, aber das konnte auch Folge der allgemeinen Umstände sein. Sie steckte den Teleskopstab in die Richtung, die sie sich gemerkt hatte. Der Stab stieß an einen Widerstand. Das musste die Kuppel sein. Hoffentlich. Anne führte den Stab noch etwas nach rechts, damit die Ladung näher an der offenen Stelle saß. Dann klinkte sie die Erbse aus.

Eine Minute ... Der Container begann zu vibrieren. Dann, ein heftiger Stoß. Anne meinte, gemeinsam mit dem Container durch die Luft zu fliegen.

Was ist das?

In rasender Folge schossen Gedanken durch ihr Gehirn. Die Ladung - zu schwach. Und zu früh. Das konnte es nicht sein.

Etwas riss mit Gewalt an ihr. Das Verbindungskabel an ihrem Rücken. Anne schrie vor Überraschung laut auf.

Ein noch kräftigerer Zug. Sie hatte keine Zeit, sich zu drehen. Die Helmscheinwerfer klemmten sich im Ritz fest.

Der Zug wurde stärker. Rechts und links an ihrem Helm knirschte es. Dann ein viel zu lautes Knacken.

8

Seine Augen brannten wie verrückt. Schon wieder war ein Schweißtropfen hineingelaufen. Und auf seiner Kopfhaut kribbelte es zum Wahnsinnigwerden.

Walter fluchte.

Er hätte nichts lieber getan, als sich den Schweiß aus den Augen zu reiben, aber das ging bei geschlossenem Helm natürlich nicht. Sogar sein Visier begann, zu beschlagen. Normalerweise hätte die Klimaanlage so etwas verhindert. Normalerweise. Aber was war hier schon normal? Sie hatten damit gerechnet, dass sie wegen der Störstrahlung anfangs mit der Minimalfunktion auskommen mussten, aber selbst die funktionierte so nah bei der Strahlungsquelle nur mangelhaft. Dazu kam seine extreme körperliche Aktivität über einen längeren Zeitraum. Damit war die Klimaanlage überfordert - und er konnte kaum noch etwas sehen.

Walter versuchte, den Schweißtropfen wegzublinzeln.

„Scheißtechnik."

Es wurde Zeit, dass Anne die Störstrahlung endlich ausschaltete. Er war mit seiner Aufgabe fast fertig, soweit er das sehen konnte - denn das war die nächste Einschränkung. Über Stunden hatte er Geröll bewegt und einige Male „Aprikosen" einsetzen müssen. Das Gestein in dieser Gegend war brüchig, und in der Folge stand er nun in einer Staubwolke, die dichter war als je zuvor.

Walter ging einmal um das Landemodul herum und begutachtete die Schäden. Sie hielten sich in Grenzen. Wegen der geringen Schwerkraft nahmen das Geröll und die Steine bei Weitem nicht so viel Energie auf, wie sie es auf der Erde getan hätten. Da hätten sie wahrscheinlich einen Totalschaden gehabt, hier gab es nur Beulen.

Einige wenige Brocken mussten noch weg, aber bevor er das in Angriff nahm, wollte er sichergehen, dass nichts weiter nachrutschte.

Walter stöpselte sein eigenes Kabel an die entsprechende Stelle im Landemodul ein. Die Verbindung zu Anne musste er unbedingt halten und auf die Reichweite des Funks konnte er sich nicht verlassen. Im Moment war alles ruhig. Jeder konnte von seiner Seite aus die Verbindung an- oder abschalten, je nachdem, ob er etwas zu sagen hatte oder sich konzentrieren wollte.

Nach zehn Minuten stand fest: Hier würde nichts nachrutschen.

Jetzt wollte Anne etwas von ihm. Sie gingen zusammen die Optionen der Sprengladungen durch. Anne schaltete wieder ab. Sie musste zu ihrem Container und voll konzentriert sein.

Aber war er nicht auch fast bei einem Container? Anne hatte davon erzählt.

Kurz darauf stand Walter davor. In dieser Höhe hatte der Staub tatsächlich schon abgenommen. Er konnte sehen, wo Anne über die Oberfläche gewischt hatte. Das Zeichen für die Sechs war gut zu erkennen.

Walter legte seine Hand auf das Material und versuchte sich vorzustellen, was in dem Container sein mochte.

War da eine Vibration? Tatsächlich. Der Container schien sich zu bewegen. Nicht nur der Container.

Die Verbindung zu Anne schaltete sich ein. Das tat sie automatisch, wenn jemand etwas sehr laut sagte.

Anne schrie.

Bevor Walter irgendwie reagieren konnte, zog ihm jemand den Boden unter den Füßen weg. Er kam ins Straucheln.

In den Lautsprechern knackste es fürchterlich. Dann war es still.

„Anne!", rief Walter.

Nichts.

„Anne!", rief er lauter, während er sich bemühte aufzustehen.

Der Boden unter ihm schien ins Fließen zu kommen. Abwärts. Auf das Landemodul zu.

Walter rannte los, sprang in Riesensätzen. Einfach abwärts. Einfach in die Wolke aus Staub hinein. Nur auf den Lichtschimmer zu, den die restlichen Scheinwerfer des Landemoduls ausstrahlten.

Walter bemerkte nicht, wie in diesem Moment die bisher brachliegenden Aggregate des Raumanzugs anliefen. Er konzentrierte sich zu hundert Prozent darauf, das Landemodul zu erreichen.

Er war tatsächlich schneller als die Geröll-Lawine, die sich für irdische Verhältnisse nur im Zeitlupentempo bewegte.

Walter landete mit seinem letzten Sprung unmittelbar vor dem Modul. Mit einer schnellen Handbewegung warf er seine letzte Sprengladung in die Richtung der wenigen noch störenden Brocken. Dann sprang er in die offenstehende Schleuse.

Erst hier spürte er die Veränderung: Die Systeme des Moduls hatten sich hochgefahren. Das konnte nur bedeuten, dass die Störstrahlung ausgeschaltet war. Anne hatte es geschafft!

Die Vibrationen wurden stärker. Auch in Zeitlupe würde die Lawine gleich eintreffen, und dann war alles zu spät.

Noch während der Druckausgleich stattfand, übernahm Walter per Sprachsteuerung die Kontrolle. Er hätte notstarten können, aber Anne war da draußen. Hoffentlich lebte sie noch. Sie hatte ihm damals das Leben gerettet und hätte dabei fast ihr eigenes verloren. Er würde sie niemals im Stich lassen.

„Bremsdüsen auf neunzig Grad. Volle Kraft!"

Endlich ging die innere Schleusentür auf. Walter stürzte auf seinen Pilotensessel.

Sehen konnte er nichts, nur spüren. Er spürte, wie die Geröll-Lawine ankam. Und er spürte, wie die Bremsdüsen ihre Kraft entfalteten und das Landemodul anhoben. Viele Reserven hatten sie nicht, denn für solch ein Manöver waren sie nicht gedacht. Aber sie
brachten das Modul in die Höhe, etwa zehn Meter. Dort schwebte es ein, zwei Minuten, bis der Treibstoff zu Ende ging. Dann sackte es nach unten, erst langsam, dann schneller.

9

Anne öffnete die Augen.

Nichts.

Sie schloss die Augen und öffnete sie erneut.

Keine Veränderung.

Bin ich blind?

War die Strahlung doch zu viel gewesen? Und die Leuchtpatrone?

Die Blitze auf ihrer Netzhaut waren verschwunden. War das ein gutes oder ein schlechtes Zeichen? Anne atmete tief ein. Atmen ging noch, also war der Raumanzug dicht. Gut. Die Luft war anders, besser. Das Lufterneuerungsmodul schien zu funktionieren, was folglich bedeutete, dass die Störstrahlung ausgeschaltet war.

Sehr gut. Ihre Mission war erfolgreich gewesen.

Anne atmete erneut tief ein und aus. Die Luft war ganz leicht aromatisiert, um den Kreislauf anzuregen. Mit dem Ausfall der Störstrahlung war für die Menschen der Weg frei, um das Erbe der Lantis zu bergen. Das große Ziel war erreicht! Gleichzeitig hatten Walter und sie viel Zeit gewonnen, denn jetzt konnten die hochwertigen Lebenserhaltungssysteme ihren Dienst aufnehmen.

Nur, sie sah keine Anzeigen. Nicht die geringste Kontrollleuchte in ihrem Helm war an.

Ich bin blind.

Anne zwang sich, nicht in einen Schockzustand zu verfallen. Sie war schon mehrmals so gut wie tot gewesen und hatte überlebt. Solange sie einen Liter Luft zum Atmen hatte, war es noch nicht vorbei.

Wie viel Luft hatte sie wirklich? Mangels Anzeige konnte sie das nicht feststellen. Und da sie keine Ahnung hatte, ob sie bewusstlos gewesen war, und wenn ja, wie lange, besaß sie nicht den geringsten Anhaltspunkt, wie viel Zeit ihr noch blieb. Würde ihr Leben noch Stunden dauern oder waren die nächsten fünf Minuten die letzten? Keine guten Aussichten.

Anne begann, rückwärts zwischen den Felsen nach draußen zu robben. Nach einem Meter war Schluss. Irgendetwas lag im Weg. Anne tastete nach hinten. Da lag ein Fels, der vorher nicht da gewesen war. Sie drückte mit aller Macht dagegen. Felsen waren auf dem Mond auch um ein Sechstel leichter als auf der Erde, aber sie erreichten trotzdem schnell ein Gewicht, das man nicht mehr mit Muskelkraft bewegen konnte. Annes Kräfte reichten jedenfalls nicht aus.

Sie tastete so weit wie möglich alles ab. Vergeblich. Bis auf einige Spalten, in die ihr Arm nicht bis zum Ende reichte, war alles zu.

„Walter?", fragte sie zwischendurch immer wieder. Vielleicht hatte es ja nur eine zeitlich begrenzte Unterbrechung gegeben. Wenn die Störstrahlung ausgeschaltet war, müssten die Funkgeräte eigentlich wieder funktionieren.

Keine Antwort. Wenn sie ehrlich war, hatte sie auch nicht damit gerechnet. Ob Walter noch lebte? Irgendwas hatte mit so großer Macht an ihrem Verbindungskabel gezogen, dass es sie erst aus dem Container gerissen und dann das Kabel zerstört hatte. Vermutlich hatte das Mondbeben die wackelige Konstruktion der Felsnadel, die sie auf dem Hinweg passiert hatte, zum Einstürzen gebracht. Auf dem Weg den Hang hinab hatten die Felsen dann das Kabel mitgerissen. Wahrscheinlich hatten sie auch das Landemodul unter sich begraben. Dann ging es Walter ähnlich wie ihr, die unter den Felsen lag. Ob er noch lebte oder nicht, spielte kaum eine Rolle, eine Stunde früher oder später zu sterben machte wenig Unterschied, wenn das Ergebnis feststand.

„Mephisto", murmelte sie. „Mephistos Kinder."

So musste es gewesen sein. Mephisto hatte eindeutig Spuren einer Kollision aufgewiesen. Das bedeutete, dass noch mehr Teile unterwegs waren, denn eine Kollision hinterließ nie nur ein Trümmerteil. Mindestens eines davon war auf ähnlichem Kurs wie Mephisto gewesen und hatte den Mond eben nicht nur passiert, sondern getroffen. Viele dachten, der Weltraum wäre leer und das Sonnensystem bestünde nur aus der Sonne und acht Planeten mit ihren Monden. Dabei schätzte man inzwischen über 100.000 Himmelskörper mit mehr als einhundert Kilometern Durchmesser, die unser Sonnensystem bevölkerten. Kleinere Körper gab es in und um das Sonnensystem etwa eintausend Milliarden. Täglich prasselten einhundert Tonnen Material auf die Erde nieder. Beim Mond war es wegen der geringeren Größe weniger, aber dafür kam jedes Teil ungebremst auf der Oberfläche an. Anne kannte diese Zahlen genau, aber bisher hatten sie nur theoretische Bedeutung gehabt. Heute wurde die Theorie zur praktischen Erfahrung - und die konnte tödlich sein.

Anne robbte wieder ein Stück vor, denn neben dem Lantis-Container war etwas mehr Platz. Sie hätte zu gerne gewusst, was darin war, aber dieses Wissen war ihr wohl nicht vergönnt. Sie rechnete fest damit, an diesem Ort zu sterben, alles andere war eigentlich unmöglich. Immerhin hatte sie den Menschen den Weg freigemacht, um den uralten Schatz zu bergen. Das war also der Sinn ihres Lebens gewesen.

Anne dachte an ihre Kinder, wie sie fröhlich lachten und auf dem Rasen hinter ihrem Haus herumrannten. Sie dachte an den letzten Kuss von Olaf und seine Sorge, ihr könnte etwas zustoßen. Jetzt war es also passiert.

Sie kämpfte gegen die aufkommenden Tränen an. Sie würde ihre Familie nie wiedersehen. Was hatte sie überhaupt als Letztes gesehen? Das blendend helle Innere des Containers? Nein, da war noch etwas gewesen. Ganz zum Schluss, als ihr Kopf aus dem Container gerissen wurde. Für den winzigen Bruchteil einer Sekunde hatte sie etwas Glänzendes gesehen - außerhalb des Containers. Dann war es finster geworden. Dieses Etwas musste im Füllmaterial gelegen haben und irgendwie mit ihm aus dem Container gefallen sein. Anne tastete umher.

Da war etwas Hartes. Anne konnte nicht sehen, ob sie gefunden hatte, wonach sie suchte, aber es lag ziemlich genau unter dem Ritz. Sie befühlte das Teil, so gut es mit den Handschuhen möglich war. Die Sensoren funktionierten wieder, aber so sensibel wie ihre richtigen Fingerkuppen waren sie bei Weitem nicht.

Das Teil war schmal und so lang wie ihr Daumen. Auf der einen Seite war es glatt und gewölbt, auf der anderen Seite scharfkantig. Das war kein Mondstein. Es erinnerte sie an Mephisto. Der war ähnlich geformt. Er war Teil eines Ganzen gewesen und dann mit Gewalt herausgebrochen worden. Ihr Teil hatte im Licht ihrer Scheinwerfer geleuchtet. Vielleicht war es eine Art Kristall, oder ein Stück eines Kristalls.

Anne hielt das Kristallbruchstück vor ihr Visier. Nichts. Wie sollte es auch anders sein? Sie schloss die Augen, wälzte sich auf den Rücken und legte die Hand mit dem Kristall auf ihre Brust. Die Lantis hatten ihr ein Abschiedsgeschenk gemacht. Nur für sie.

Nach einer Weile öffnete Anne die Augen - und sah über sich einen Punkt. Und dann noch einen. Sterne. Sie konnte tatsächlich Sterne sehen, durch eine Lücke in den Felsen über ihr und durch eine Stelle im Staub, die nicht so dicht war. Sie war nicht blind. Sie konnte sehen. Die Finsternis war nur mondische Finsternis. Dieser Gedanke tat gut. Es war nicht schön, blind zu sterben.

10

Die Vibrationen ließen nach. Das war ein gutes Zeichen, denn es bedeutete, dass die Geröll-Lawine zum Stillstand gekommen war. Egal wie dramatisch ein Ereignis war, auf dem Mond hörte man nichts. Man konnte Schall bloß spüren, wenn der Boden das Landemodul in Schwingung versetzte. Die einzigen Schwingungen jetzt kamen vom Lebenserhaltungssystem, und das war ein stetes, beruhigendes Brummen.

Walter sah zu den Fenstern hinaus.

Nichts.

Auf der einen Seite herrschte Finsternis, auf der anderen Seite, wo die Scheinwerfer noch intakt waren, war es blendend hell. Der Staub war durch die Geröll-Lawine so dicht geworden wie nie zuvor. Er wirkte wie eine schwebende, massive Wand. Immerhin funktionierte das Radar. Einer der Lantis-Container lag unmittelbar hinter dem Modul. Er war darunter weg drunter her gerollt, als Walter in die Höhe gestiegen war. Das war sein Glück gewesen, denn der Container hätte das Modul irreparabel beschädigt. Diese Container besaßen eine erhebliche Masse und waren extrem stabil. Dem hatte das Landemodul nichts entgegenzusetzen.

Nicht weit entfernt lagen weitere Container. Ihre Signaturen auf dem Radarschirm unterschieden sich deutlich von denen der Mondfelsen. Der Schatz lag zum Greifen nah, aber Walter hatte keine Zeit, sich darum zu kümmern.

Anne.

Wo war sie? Ihre Chancen standen nicht gut - wenn sie überhaupt noch lebte. Sie hatte geschrien und dann war es still gewesen.

Die Kabelverbindung konnte Walter vergessen. Wenn sie nicht schon von der Geröll-Lawine zerstört worden war, wäre sie spätestens beim Start des Moduls abgerissen. Funk müsste eigentlich gehen, tat es aber nicht. Die Gegenstation in Annes Anzug war tot.

Walter schnallte sich einen Rucksack mit Ausrüstung um, ähnlich wie Anne, dann stieg er aus dem Modul. Die Hydraulikstützen waren allesamt abgebrochen. In dem Wissen, dass sie in schwierigem Gelände landen mussten, hatten die Ingenieure einen doppelten Boden aus Metallschaum entwickelt. Der war leicht, aber ausgesprochen stabil und konnte durch seine besondere Struktur viel kinetische Energie aufnehmen. Ohne diesen Boden wäre das Modul aufgeplatzt wie eine geknackte Nuss.

Einen Vorteil hatte Walters Steigmanöver noch gehabt. Die letzten kleineren Felsen, die vorher gestört hatten, waren weg. Das Modul war zwar beschädigt, aber es lag auf dem Geröll. Das hieß, er konnte die Abdeckplatte lösen, hinter der ihre kleine Schwebeplattform befestigt war.

Dank hundertfacher Übung hatte Walter sie in einer Viertelstunde startbereit. Im Grunde musste er nur vier Ausleger in der Form eines großen X arretieren. An den Enden befanden sich frei bewegliche Düsen und in der Mitte, wo die Ausleger sich kreuzten, waren ein Tank und ein primitiver Sitz mit einer Joystick-Steuerung. Alles war so einfach wie möglich gehalten, um Gewicht zu sparen. Trotzdem war das Gerät so schwer, dass es auf der Erde niemals hätte starten können, aber glücklicherweise erledigten sich auf dem Mond manche Gewichtsprobleme von selbst.

Für Tests hatte Walter keine Zeit. Die Plattform musste einfach funktionieren.

Er schickte ein Stoßgebet zum Sternenhimmel hoch und drückte auf Start. Alle Düsen zündeten.

Ihm fiel ein Stein vom Herzen. Die erste Hürde war genommen, aber es kamen weitere. Das Ding war noch niemals geflogen, nur als Computermodell. Überhaupt war die Steuerung der Konstruktion nur mit ausgeklügelter elektronischer Unterstützung möglich. Alle Versuche, etwas Ähnliches zu bauen, das man per Handsteuerung fliegen konnte, waren als Crash gescheitert. Und an so etwas wie ein Mondmobil zu denken, das sich auf Rädern bewegte, war bei der Umgebung, in der sie agieren mussten, vollkommen unmöglich.

Walter schickte das nächste Stoßgebet los und erhöhte den Schub. Der Schweber hob sich um zehn Zentimeter. Dann um fünfzig. Er funktionierte! Walter war erleichtert, mit dem Ende der verdammten Störstrahlung wieder auf anspruchsvolleres, technisches Gerät zurückgreifen zu können. Er sah auf das Display, das fast die Hälfte seines linken Unterarms bedeckte und das eine Karte zeigte, die Anne aus den letzten Fotos der Umgebung generiert hatte. Aber eigentlich zeigte es mangels Qualität der Ursprungsaufnahmen fast nichts. Und selbst das stimmte wegen der Geröll-Lawine nicht mehr. Die ursprüngliche Umgebung war verschwunden. Abgerutscht. Die einzige Hilfe war, dass sein Display das Landemodul als kräftigen roten Punkt anzeigte und dass die Bewegungssensoren den Kurs aufzeichneten.

Das alles war mager, aber es musste genügen. Walter steuerte vorsichtig in die Richtung, in der er Anne vermutete.

Fast hätte es Walter aus dem Sitz gerissen. Obwohl er für sein Empfinden kroch wie eine Schnecke, hatte er den Lantis-Container erst gesehen, als es schon zu spät war. Wie sollte man auch auf Sicht fliegen, wenn man nicht weiter als bis zu den vorderen Düsen sehen konnte? Das geringe

Tempo war sein Glück. Außer einem mächtigen Ruck war nichts passiert.

Walter stieg auf drei Meter, Treibstoffverbrauch hin oder her. Wenn er nicht vom Fleck kam, nützte ihm auch der eingesparte Treibstoff nichts. Unter ihm war es rabenschwarz, denn die Scheinwerfer leuchteten nur nach vorne. Er musste sich auf die Anzeige verlassen. Walter beschleunigte. In dieser Höhe sollte es nicht viele Hindernisse geben, und wenn doch, war es eben zu spät. Wenn er überhaupt etwas erreichen wollte, musste er das Risiko eingehen.

Wenig später näherte sich Walter der Stelle, an der laut Karte Container Fünf liegen sollte. Er flog in deutlichem Sicherheitsabstand einmal um den fraglichen Punkt herum - und wäre fast wieder gegen eine Wand geknallt. Dieses Mal hatte er aufgepasst, weil er wusste, dass der Container am Fuß einer kleinen Felswand lag. Trotzdem war er überrascht, wie schnell sie vor ihm auftauchte.

Von hier oben kam er nicht weiter, denn er konnte nicht bis auf den Grund sehen. Er flog etwas zur Seite und landete. Im Tiefflug in der Nähe des Containers zu fliegen, wagte er nicht. Wenn Anne hier irgendwo liegen sollte, sah er sie womöglich zu spät, flog darüber hinweg und die Düsen gaben Anne den Rest. Unmöglich.

Er probierte ein Instrument nach dem anderen aus. Vergeblich. Die Infrarotsensoren zeigten verwaschene Bilder. Die meisten stammten wohl von Felsen, die infolge des Mondbebens aufeinandergeprallt waren oder aneinander gerieben hatten, wodurch Wärme erzeugt worden war. Walter konnte unmöglich jeden Fleck nach Spuren von Anne untersuchen. Der Container leuchtete als Nachwirkung der Sprengung relativ hell. Dadurch hatte er einen klaren Orientierungspunkt, aber die Hoffnung, dass Anne hier in der Nähe liegen würde, verflog. Das hätte der

Sensor angezeigt, selbst wenn sie tot war. Funk ging trotz der Nähe nicht. Selbst die Automatik im Helm rührte sich nicht, ein schlechtes Zeichen.

Walter ging auf den Container zu, den er immer noch nur auf der Infrarotanzeige sehen konnte.

„Verdammt!"

Selbst der Nachtsichtmodus half kein bisschen. Hatte er seine Helmscheinwerfer an, war der Staub vor ihm gleißend hell. Schaltete er die Scheinwerfer aus, war alles schwarz. Es gab einfach kein Restlicht, das das Gerät verstärken konnte. Jetzt hatte er alle Technik zur Verfügung, und es brachte nichts.

Kurz darauf versperrten Felsen den Weg. Hier musste der Container liegen. Und dann sah er ihn auch, wenigstens ein kleines Stück davon. Er war eingeklemmt zwischen Felsen, teilweise auch von Gestein bedeckt. Das war nicht so, wie Anne es ihm beschrieben hatte. Durch das Mondbeben mussten nachträglich Felsen von der Wand und auf den Container gestürzt sein. Die Wahrscheinlichkeit war groß, dass Anne darunter lag. Dann hatte sie keine Chance gehabt. Genauso groß war die Wahrscheinlichkeit, dass sie von einer ähnlichen Lawine, wie er sie selbst erlebt hatte, mitgerissen worden war. Dummerweise erlaubte die beschränkte Sicht von nur zwei Metern keinen Überblick.

Walter ging die leicht abfallende Schräge hinab. Falls Anne mitgerissen worden war und hier irgendwo bewusstlos lag, konnte er sie vielleicht finden. Unwillkürlich wollte er nach ihr rufen, wie man es auf der Erde tat. Wenn man nicht bewusstlos, sondern nur verletzt irgendwo lag, konnte man sich bemerkbar machen. Auch diese einfachsten Sachen funktionierten nicht auf dem Mond. Er musste wohl oder übel hinter jeden Felsen und in jedes Loch sehen - und dabei aufpassen, dass er selbst die Orientierung nicht verlor.

Walter sah auf seine Sauerstoffanzeige. Auch mit der leistungsstarken Luftaufbereitungsanlage hatte er nicht ewig Zeit. Etwa dreißig Minuten blieben ihm, dann waren die letzten Reserven verbraucht. Schweren Herzens machte er sich auf den Rückweg die Schräge hoch hin zum Schweber.

11

Walter ging leicht versetzt zum Hinweg zurück, immer in der Hoffnung, doch noch einen Hinweis zu finden. So sehr er auch hierhin und dorthin sah, nichts.

Fast war er wieder auf der Höhe des Containers. Jetzt musste er sich nur noch leicht rechts halten und wäre in fünf Minuten beim Schweber, dann noch zehn Minuten zurück, dann ...

Walter wollte es nicht denken.

Er sah ein letztes Mal zum Container herüber. Vermutlich würden die Bergungsteams dort auch eine Leiche entdecken.

Etwas Ungewöhnliches passierte, etwas, an das er sich kaum noch erinnern konnte. Eine Träne lief seine Wange hinunter. Sie brannte sich einen Weg nach unten. Und er konnte sie nicht wegwischen.

Wegen der Träne hielt er es zuerst für eine Täuschung. War da über dem Container nicht etwas aufgeblitzt? Ganz kurz und schwach? Walter blinzelte die Träne weg und sah genauer hin. Es war nur ein winziges Glitzern. Es schien im Nichts zu schweben - aber es bewegte sich auf und ab.

Walter stürzte auf das Glitzern zu. Er hatte Angst, dass es wieder verschwinden würde, dass es sich doch als Illusion entpuppte. Das Glitzern blieb. Immer wenn er hinsah, leuchtete es kurz auf.

Was ist das?

Walter kletterte auf die Felsen. Allzu viel Sauerstoff hatte er nicht mehr, denn er hatte so lange nach Anne gesucht, wie es eben ging. Aber die Leuchterscheinung war zu seltsam. Sie konnte nicht natürlichen Ursprungs sein.

Je näher er dem Licht kam, desto heftiger bewegte es sich. Es tanzte auf und ab und wanderte von rechts nach links. Dabei schien es im Raum zu schweben. Erst als er auf Armeslänge herangekommen war, wurde die Sicht so klar, dass er Details erkennen konnte. Dieses seltsame Licht war ein Kristall, der das Licht seiner Helmscheinwerfer reflektierte. Er wurde von einem Teleskopgreifer gehalten, dessen dünner Stab in einem Loch zwischen den Felsen verschwand.

„Anne!"

Sie lebte und steckte unter den Felsen, auf denen er stand!

Walter leuchtete in das Loch und erkannte Annes Helm. Er sah übel aus. Die äußere Hülle war nur noch in Fetzen vorhanden, aber die innere Hülle musste intakt sein, denn Anne lebte. Sie winkte ihm.

Walter hätte zu gerne ihr Gesicht gesehen, aber das metallbedampfte Visier ließ es nicht zu. Er sah nur sein eigenes Spiegelbild.

Verdammt. Was sollte er tun?

Er konnte Anne nicht fragen, wie es ihr ging, ob sie verletzt oder eingeklemmt war. Er machte das Handzeichen für Sauerstoff. Das war noch wichtiger als Verletzungen.

Anne zeichnete mit ihrer Hand ein Fragezeichen.

Es war zum Verzweifeln. Nichts schien zu funktionieren. Die Anzeige seines eigenen Vorrats war schon deutlich im gelben Bereich. Anne konnte etwas mehr haben, weil ihr Körper kleiner war und im Ruhezustand nicht so viel verbrauchte, wie sein eigener bei der ganzen Aktivität. Andererseits war ihr Anzug stark beschädigt, und wie gut die Aufbereitungsanlage funktionierte, konnte niemand sagen. Wenn sie Pech hatte, blieben ihr nur noch wenige Minuten. Er würde es sich nie verzeihen, wenn er ging, um seinen Vorrat aufzutanken, und Anne würde in dieser Zeit ersticken. Lieber erstickte er mit ihr.

Walter konnte Anne nicht mitteilen, was er vorhatte. Und ob es funktionieren würde, wusste er selbst nicht. Er machte Anne ein ermutigendes Zeichen und verschwand aus ihrem Blickfeld. Sie zog den Teleskopgreifer mit dem Kristall zurück in ihr Loch.

So schnell er konnte, kroch Walter über die Felsen, verschaffte sich einen Überblick über ihre Lage und verteilte mehrere „Aprikosen". Dann zog er sich zurück und wartete.

So etwas hatte noch kein Mensch jemals gewagt, und auf der Erde hätte sein Experiment auf jeden Fall einen tödlichen Ausgang gehabt. Aber er hatte von Anne gelernt, „mondisch" zu denken.

Nach dem Ablauf der einprogrammierten Frist hoben sich mehrere Felsbrocken wie von Geisterhand. Kein Geräusch, keine Druckwelle, kaum Staub. Die Sprengladungen wirkten sich in der atmosphärelosen Umgebung nur auf die Körper aus, mit denen sie in unmittelbarem Kontakt standen. Zwei Felsbrocken rollten zur Seite weg, einer fiel unglücklich wieder zurück.

„Scheiße."

Anne versuchte es, aber sie passte nicht durch die entstandene Lücke. Sie kroch wieder zurück.

Walter hatte außer den ganz großen Ladungen, die die Felsen zerfetzt hätten, nur noch „Kirschen" und „Erbsen". Diese verteilte er rund um den Felsbrocken. Dieses Mal blieb er direkt daneben stehen. Druck gab es ja keinen, aber losgesprengte Splitter konnten gefährlich werden.

Hoffentlich ...

Die Ladungen explodierten, der Fels hob sich etwas an. Da packte Walter zu, half mit. Mit all seinem Zorn auf diesen verdammten Stein drückte er ihn zur Seite. Der Fels blieb einen Moment auf einer kritischen Kante liegen und rollte dann nach einem kräftigen Stoß von Walter zur richtigen Seite herunter.

Anne war frei. Sie stand auf. Wäre sie noch irgendwo eingeklemmt gewesen, hätte die Zeit nicht mehr gereicht. Bevor er ihr hätte helfen können, wäre er selbst erstickt.

Anne verstaute den Kristall in einer intakten Tasche ihres Anzugs. Walter reichte ihr die Hand, um ihr beim Abstieg über die Felsen zu helfen. Das war mehr als nötig, denn wo sie hinsah, blieb alles finster. Nur seine Helmscheinwerfer beleuchteten den nächsten Schritt. Unten angekommen umarmte Anne ihn. Ohne Walter wäre sie bald tot gewesen.

Walter machte mit seiner flachen Hand die Bewegung vor seiner Kehle, wie Taucher sie unter Wasser machten. Das Zeichen, dass der Sauerstoff knapp war.

Sie beeilten sich, zum Schweber zu kommen, wobei Walter immer langsamer ging. Anne kannte das. Die Muskeln bekamen nicht genug Sauerstoff und taten einfach nicht mehr das, was sie sollten. So ernst stand es um Walter.

Jetzt standen sie vor dem Schweber. Anne machte Walter ein Zeichen, sich quer vor den Sitz zu legen. So verbrauchte sein Körper den wenigsten Sauerstoff.

Anne startete den Schweber.

Zuerst wollte er gar nicht an Höhe gewinnen. Für diese Belastung war er nicht gemacht, Walter allein war schon die Obergrenze. Es musste trotzdem gehen.

Anne holte aus den Düsen heraus, was möglich war. Mehrere Male schrappte der Schweber über Hindernisse hinweg und kam dabei gefährlich ins Torkeln. Die Automatik kam mit Ausbalancieren nicht nach. Egal. Hauptsache, Walter fiel nicht herunter und sie kamen voran.

In Sichtweite des Landemoduls setzte die Düse hinten links aus. Vorne wäre schlimmer gewesen. Der Schweber setzte hart auf und kratzte noch ein Stück über das Geröll.

„Sichtweite" bedeutete unter den gegebenen Verhältnissen nur wenige Meter. Das war gut, denn Walter konnte nicht mehr ohne Hilfe stehen. Anne stützte ihn die paar Schritte zur Schleuse, seine Beine knickten immer wieder ein. Bei ihrer ersten Expedition war es ähnlich gewesen. Seltsam, wie sich manche Dinge wiederholen.

Auf der Steuerkonsole im Landemodul blinkte hektisch ein rotes Licht. Ein Funkspruch von der Erde. Höchste Priorität. Der musste warten.

Als Erstes öffnete sie Walters Helm. Er war schon zu ausgelaugt, um tief einzuatmen, aber er hatte eine gute Konstitution. Annes Luft war auch nur noch ein zäher Brei, der in ihre Lungen kroch. Sie hatte Mühe, ihren beschädigten Helm zu öffnen. Der Verschluss war verbogen und klemmte. Plötzlich, ein heftiger Ruck. Walter hatte sich aufgerichtet und nachgeholfen. Er sank sofort wieder zurück und atmete heftig wie nach einer Höchstleistung. Aber er atmete, und sein Gesicht gewann langsam wieder etwas Farbe. Anne sog die Luft gierig ein. Luft konnte so unglaublich gut riechen und schmecken.

„Noch nicht mal ausziehen kannst du dich alleine", sagte Walter.

Anne wandte sich zu ihm um. „Ach, der Herr ist schon wieder zu Scherzen aufgelegt?"

„Ich dachte, Frauen wollten gerne unterhalten werden."

„Ich habe mich nur unter den Felsen versteckt, damit du wieder als Held nach Hause kommen kannst."

Anne lächelte. „Danke. Ohne dich würde ich irgendwo da draußen vertrocknen."

Walter winkte ab. „Die Orden, die ich habe, reichen mir."

Er legte seinen Kopf wieder auf den Boden, sah unter die Decke und atmete. „Wie bist du eigentlich auf die Idee mit dem Kristall gekommen?"

„Rufen ging ja schlecht. Ich habe das Streulicht deiner Helmscheinwerfer in dem aufgewirbelten Staub gesehen. Der Teleskopgreifer und der Kristall waren das Einzige, was ich hatte, um deine Aufmerksamkeit zu wecken. Da fiel die Auswahl nicht schwer."

Anne kroch in den Pilotensitz und nahm den Funkspruch an.

„Anne Winkler. Was ist los?"

Sie hörte ein erleichtertes Aufatmen. Das war General Kowalev. „Wir haben uns Sorgen um Sie gemacht. Als die Störstrahlung weg war, dachten wir, alles ist gut. Dann das Mondbeben. Damit hatte keiner gerechnet. Und bei Ihnen ging niemand ran. Dr. Bardouin hatte schlimmste Befürchtungen."

„Ach, das Mondbeben", sagte Anne. „Ja, das hat ein bisschen Staub aufgewirbelt. Wir sind eben bei der Arbeit und haben keine Zeit, dauernd zu telefonieren. Morgen markieren wir die Container für die Bergungsmannschaften und erstellen die Lagekarte. Wir melden uns wieder."

Anne unterbrach die Verbindung.

Walter hob den Daumen. Er grinste.

II Erde – Ein Jahr später

12

Sand und ödes Land, so weit das Auge reichte. Benny hatte sich wie immer bei Flügen einen Fensterplatz erkämpft und sah unentwegt nach draußen.

„Mama, warum hat man Lantika mitten in die Wüste gebaut?"

„Aus Sicherheitsgründen", sagte Anne, die neben ihm saß. „Niemand weiß, was in den Containern ist und was passiert, wenn man sie öffnet. Deshalb sollen die wissenschaftlichen Untersuchungen weitab von allen Städten stattfinden. Hundert Kilometer um Lantika herum gibt es keine Menschen mehr."

„Dann hätte man doch eine Insel nehmen können, so wie in Jurassic Park."

Seit Benny wusste, dass die Lantis zur Zeit der Dinosaurier gelebt hatten, hatte er sich diesen alten Film über geklonte Saurier immer wieder angesehen.

„Kein schlechter Gedanke", sagte Olaf, der zusammen mit Laura in der nächsten Reihe saß und ebenfalls aus dem Fenster sah. „Aber das Meer ist sehr lebendig, und wenn das Falsche hineingerät, kann es sich vielleicht vermehren und die Strömungen verteilen es dann um die ganze Welt."

„Saurier?", fragte Benny beeindruckt.

„Nein", lachte Olaf. „In den Containern leben bestimmt keine Saurier, die uns gefährlich werden können, aber vielleicht Mikroben. Die könnten Krankheiten verursachen, gegen die niemand immun ist."

„Ach so." Benny war sichtlich enttäuscht. Saurier waren spannend, aber Mikroben und Krankheiten?

„Du wirst genug Interessantes erleben. Die Wüste kann sehr beeindruckend sein."

Benny sah wieder hinaus. Er wirkte nicht sonderlich beeindruckt von der Wüste. Plötzlich drückte er seine Nase am Fenster platt.

„Boah. Da stehen jede Menge Militärflugzeuge und Hubschrauber. Die sind bestimmt nicht gegen Mikroben. Also doch Saurier." Er sah seinen Vater triumphierend an.

„Die sind wegen möglicher Terroristen."

„Ich dachte, die Menschen wären einig."

„Nun ja, fast alle. Es gibt aber immer noch welche, die Angst haben und die Forschungen an den Containern verhindern wollen."

„Warum denn das?"

„Manche Menschen haben Angst vor Veränderung, manche haben einfach nur Angst vor Neuem. Dann gibt es solche, bei denen die Container nicht zu ihrer Religion passen und die dann ihr Weltbild ändern müssten."

Mit diesen Gedanken konnte Benny wenig anfangen. Er hatte keine Angst vor dem Neuen, sondern fieberte der Landung entgegen. Er konnte kaum erwarten, die Stadt zu besichtigen, die man extra für das Erbe der Lantis in die Wüste gebaut hatte.

Auf den Monitoren vor ihnen wurde eine Karte eingeblendet, ein Stadtplan von Lantika. Manches war noch grau, aber vieles auch schon realisiert. Man könnte meinen, Scheich Hasan Al-Qummi hätte gezaubert, wenn man sah, was alles innerhalb eines Jahres aus dem Wüstenboden gestampft worden war. In einem flachen Talkessel, umrahmt von Hügeln, lag das eigentliche Forschungsareal. Hier waren die Gebäude im inneren Kreis fertiggestellt, wo später unter der höchsten Sicherheitsstufe die Container geöffnet werden sollten. Die Gebäude in den beiden Ringen darum waren noch im Rohbau. Rundherum, über die Gipfel der Hügel verlief eine rote Linie, unterbrochen von Wachtürmen. Das gesamte Areal war ein Hochsicherheitsbereich.

Eine einzige Straße führte von dort zu dem Teil von Lantika, in dem die Menschen wohnten, wo es Geschäfte gab, den Flughafen und alles andere, was zu einer kompletten Stadt gehörte. Es war eine Stadt vom Reißbrett, die Hauptstraße im rechten Winkel zu der Straße, die vom Forschungsareal her kam. Auf der einen Seite lag der viel zu große Flughafenterminal mit der Rollbahn dahinter und anschließend ein Militärkomplex, der nur als schraffierte Fläche dargestellt wurde. Auf der anderen Seite der Hauptstraße zweigten kleinere Straßen in Wohngebiete ab. Nahe dem Zentrum von Lantika herrschte Luxus, je weiter man sich davon entfernte, wurde die Bebauung immer karger. Ganz weit außen lag etwas, das nur noch Baracken sein konnten.

Es hatte Monate gedauert, bis sich die Weltgemeinschaft auf diesen Standort geeinigt hatte. Zunächst hatte jeder versucht, eigene Interessen durchzudrücken, bis man sich am Schluss auf die Sahara einigen konnte. Sie gehörte zu keinem der früheren politischen Blöcke und war groß genug, dass man etwa einhundert Quadratkilometer für ein exterritoriales Gelände abzweigen konnte und darum noch eine hundert Kilometer breite, menschenleere Schutzzone legen, ohne jemandem wehzutun. Im Gegenteil, Libyen und Algerien hatten sich die Einöde fürstlich bezahlen lassen.

Anne fand das alles überdimensioniert, aber ein Scheich dachte wohl anders. Sie hatte Kowalev danach gefragt, doch der hatte nur mit den Schultern gezuckt. „Wenn der Scheich unbedingt eine Shopping Mall will und die Arabische Union sie bezahlt ... Man kann Schlechteres mit Ölmilliarden anfangen."

Anne sah das Glitzern der Reflektoren des Sonnenkraftwerks, das Lantika mit Strom versorgte, dann schloss sie die Augen. Sie war so müde.

Seit ihrer Rückkehr vom Mond hatte sie nicht mehr richtig geschlafen. Es war, als ob ihr Gehirn Probleme hätte, in der gewohnten Art zu arbeiten. Selbst wenn Anne sich bemühte, nichts zu denken, arbeitete es auf Hochtouren, wie die Ärzte festgestellt hatten. Alle Entspannungsübungen halfen nichts. Medikamente machten Anne nur träge, aber ihr Gehirn bremsten sie nicht, also verzichtete Anne darauf. Irgendetwas ging in ihr vor, das niemand erklären konnte. Vielleicht hatte die starke Strahlung, der sie auf dem Mond ausgesetzt war, doch mehr Auswirkungen, aber das war auch nur eine Vermutung. Und selbst, wenn es stimmte, hätte man keine Lösung. Anne musste versuchen, mit dieser Einschränkung zu leben, aber das war nicht einfach. Tag und Nacht das Gefühl, in Höchstleistung zu denken, kostete Kraft. Auch das Sabbatjahr, das man ihr gegönnt hatte, hatte nichts bewirkt. Ihr Gehirn kam nicht zur Ruhe. Deshalb hatte Anne eine weitere Auszeit abgelehnt. Es musste irgendwie gehen.

Anne nahm den Kristallsplitter, der an einer Kette um ihren Hals hing, in die Hand und sah ihn an. Er hatte den Mondstein ersetzt, den sie früher immer getragen hatte und der jetzt gut verstaut in einer Vitrine in ihrem Haus in Hofheim ruhte. Anne hatte keine Sehnsucht mehr nach dem Mond. Sie hatte Sehnsucht nach den Lantis. Dieser Kristallsplitter war ein Geschenk der Lantis an sie. Er hatte ihr das Leben gerettet.

Auf der glatten Seite schimmerte der Kristall grünlich, mal wie ein Smaragd, mal heller. Er schien nicht immer gleich zu sein, und das war keine optische Täuschung. Die Bruchstelle sah aus wie Diamant - war es aber nicht. Mehr konnte Anne mit ihren eigenen Mitteln nicht feststellen, und den Kristall für Untersuchungen aus der Hand zu geben, kam nicht in Frage. Außer Walter Bullrider und ihrem Mann Olaf kannte niemand seine Herkunft. Und das sollte auch so bleiben. Er war ihr Lebensretter, ihr Lebenskristall.

Anne legte ihre Hand so auf die Brust, dass der Kristall mit der glatten Seite ihre Haut berührte. Dann war es so, als würde er zu ihr sprechen.

Sie schloss die Augen und drehte den Kopf zur Seite.

13

Professor Geoffrey Hawker wanderte an seiner Fensterfront entlang. Sein Gang war aufrecht, was seine Größe von knapp über zwei Metern voll zur Geltung brachte. Anzug und Schuhe stammten aus kleinen, aber feinen Geschäften in Italien. Obwohl sein Körper ausgesprochen hager war, machte er einen sehr eleganten Eindruck. Sein Büro lag im obersten Stock des höchsten Gebäudes von Lantika, dem Building 1, und bot einen hervorragenden Ausblick über die wachsende Stadt. Lantika sollte Symbol und gleichzeitig Beginn eines neuen Zeitalters sein, einer Zeit, in der sich die Menschen in den wesentlichen Dingen einig waren, sich auf Wissenschaft konzentrierten und ökologisch handelten.

So war der Plan, und er, Professor Hawker, würde heute offiziell die Führung von Lantika übernehmen. Teile des Plans nahmen bereits sichtbare Formen an. Nach Südosten hin glitzerte ein schier endloses Meer an Spiegeln des Solarkraftwerks, das Lantika mit Energie versorgte. Mit der heutigen Ankunft der obersten Repräsentanten der Weltmächte wurden auch die letzten benzingetriebenen Fahrzeuge aus der Stadt verbannt. Man hatte sich in vielem an Masdar-City orientiert, einer Modellstadt, die Scheich bin Zayid Al Nahyan Anfang des 21. Jahrhunderts bauen wollte. Sie sollte CO_2-neutral sein und der Wissenschaft dienen, wurde wegen der Finanzkrise, die auch die Scheichs traf, aber nie richtig fertiggestellt. Man baute immer noch daran, doch mit merklich weniger Elan.

Das war die Chance für Scheich Al-Qummi gewesen, der jetzt in einem weich gepolsterten Sessel saß und beobachtete, wie der hochgewachsene, hagere Professor mit großen Schritten sein Büro durchmaß. Er selbst saß lieber.

Hawker blieb stehen und wandte sich Al-Qummi zu.

„Sie haben hervorragende Arbeit geleistet, Scheich."

Hawker redete Scheich Al-Qummi immer noch mit Scheich an, obwohl sich beide viele Jahre kannten. Al-Qummi hatte Hawker persönlich von Masdar-City abgeworben und damit seinem Konkurrenten eine kleine Niederlage bereitet.

Al-Qummi lächelte. „Städte in der Wüste aus dem Boden zu stampfen, kann niemand besser als wir."

„Als Sie", betonte Hawker. „Sie sind der Erbauer von Lantika und Sie werden in die Geschichtsbücher eingehen als derjenige, der der Welt ein modernes Arabien gezeigt hat."

Hawker beobachtete, wie sich die Züge Al-Qummis glätteten. Solche Worte hörte der Scheich, der sonst ein abgebrühter Geschäftsmann war, gerne. Hawker wusste sehr genau, was er sagen musste, damit sich das Herz dieses Mannes öffnete - und anschließend sein Geldbeutel.

Hawker schlenderte zu seinem üppigen Schreibtisch und ließ seine Hand über das dunkle Mahagoni gleiten. Er fühlte sich so anders an als die üblichen Schreibtische in wissenschaftlichen Institutionen.

„Vor allem bewundere ich, dass Sie trotz Ihres Engagements für die Wissenschaft so einen ausgeprägten Sinn für Schönheit besitzen." Und Luxus, ergänzte Hawker in Gedanken. Er hasste Sparsamkeit, die einem oft unter dem Deckmantel der Wissenschaft aufgezwungen wurde, so sehr, dass er manche verheißungsvolle Stelle abgelehnt hatte, weil sie schlecht dotiert war. Diesem Umstand schob Hawker zu, dass er bisher noch keinen Nobelpreis erhalten hatte. Ein schwer zu verkraftender Makel, der unbedingt behoben werden musste.

Al-Qummi kannte die Schwächen des Professors genauso gut, wie dieser die seinen kannte.

„Dabei sind es die Wissenschaftler, die unsere Zivilisation voranbringen, und das sollte ausreichend honoriert werden."

Der Scheich machte eine ausholende Geste mit der Hand, wobei der große Diamant an seinem Ring beeindruckend glitzerte.

„Heute werden Sie zum Bürgermeister von Lantika ernannt werden. Es ist Ihre Stadt."

„Bürgermeister! Was für ein profanes Wort für das wichtigste Amt in der wichtigsten Stadt der Welt." Hawker hatte mehrere alternative Vorschläge eingebracht, die aber allesamt abgelehnt worden waren. „Ich werde dieses Wort neu definieren."

Der Kongresssaal in Building 1 war gut gefüllt. In der ersten Reihe saßen die Präsidenten der wichtigsten Staaten, dahinter ihre Beauftragten für das Lantis-Projekt. Es folgten weitere Diplomaten, hinter denen die Vorstandsvorsitzenden bedeutender Konzerne saßen, alle sauber sortiert, je wichtiger, desto weiter vorne. Er selbst, Professor Hawker hatte seinen Platz ganz vorne.

Der UN-Generalsekretär kam zum Ende seiner Rede und deutete mit würdevoller Geste auf ihn. Jetzt war er dran.

Er stand auf und stieg gemessenen Schrittes die wenigen Stufen zur Bühne hoch. Auf dem für ihn markierten Punkt blieb er stehen.

Der Generalsekretär ging zu einer bereitstehenden Dame, nahm eine goldene Kette mit einem übergroßen Schlüsselanhänger von einem roten Samtkissen und ging zu Professor Hawker.

„Hiermit ernenne ich Sie zum ersten Bürgermeister von Lantika." Dann hängte er ihm die Kette um den Hals.

Die Anwesenden erhoben sich und applaudierten.

Nach seiner Dankesrede wartete sofort die erste Amtshandlung auf Hawker. Er bat Anne Winkler und Walter Bullrider auf die Bühne. Bullrider war fast so groß wie er selbst, allerdings wesentlich kräftiger. Er kam in der Paradeuniform der Vereinigten Staaten und hatte die Brust voller Orden. Anne Winkler kam in einem gut geschnittenen, aber schlichten Kleid. Für ihr Alter war sie eigentlich attraktiv, fand Hawker, aber sie wirkte irgendwie angestrengt. Er hatte von ihren Problemen in der Folge des Mondeinsatzes gehört, aber sich nicht weiter dafür interessiert. Nun ja, die beiden hatten ihren Einsatz für das Lantis-Projekt gebracht, sollten jetzt dafür geehrt werden - und würden dann voraussichtlich langsam aus dem Licht der Öffentlichkeit verschwinden. Im Moment wurden sie aber noch wie Helden verehrt, und dem musste er Rechnung tragen.

Anne Winkler und Walter Bullrider stellten sich jeweils rechts und links des Podiums auf, während der Professor in einer kleinen Ansprache an ihre Verdienste für das Projekt erinnerte.

„... ernennen wir Sie hiermit als Ehrenbürger von Lantika. Sie sind damit lebenslang jederzeit und an jedem Ort dieser Stadt willkommen."

Professor Hawker hängte erst Anne und anschließend Walter ebenfalls eine Goldkette um, die aber dünner war und keinen Schlüsselanhänger besaß.

Anne war froh, als auch der letzte Gastredner das Podium verließ. Jeder glaubte, etwas Wichtiges zu sagen zu haben, was in einigen Fällen auch zutraf, aber wenn es zu viele waren, wurde es lang. Die ganze Festversammlung begab sich auf die riesige, stufenförmig angelegte Terrasse, von der sie einen prächtigen Ausblick auf den Kern von Lantika hatten und vor allem auf die Straße, die vom Militärgelände zu dem außerhalb liegenden Wissenschaftsareal führte. Die

Terrasse war vollverglast, was man hauptsächlich daran merkte, dass die Temperatur so angenehm wie im Gebäude war, und das, obwohl draußen mindestens fünfunddreißig Grad im Schatten herrschten. Die Sonne strahlte von einem blauen Himmel, aber das Glas ließ nur das sichtbare Licht und keine Infrarotstrahlung durch.

Für einen Sekundenbruchteil blitzte etwas am Himmel auf, wo sonst nur Blau zu sehen war. Walter Bullrider, der mit seinem Sohn bei Anne und ihrer Familie stand, hatte es auch bemerkt.

„Ein Spionagesatellit", sagte er.

Weit draußen und für das Auge kaum erkennbar, flogen Flugzeuge im Kreis um Lantika.

„Militärflugzeuge", sprach Walter das Offensichtliche aus. „Noch weiter draußen fliegen Drohnen, aber die können wir nicht sehen."

Anne war überzeugt, dass im Umkreis von hundert Kilometern keine Wüstenmaus aus ihrem Bau schlüpfen konnte, ohne sofort bemerkt zu werden.

„Seltsam, dass eine Stadt des Friedens so bewacht werden muss", sagte sie.

„Bis sich der Frieden durchsetzt, wird es Jahrzehnte dauern", sagte Olaf. „In dieser Beziehung ist die Menschheit sehr träge."

„Hoffentlich kommt nicht wieder etwas dazwischen. Ich würde es gerne erleben."

Die Zeremonie begann mit dem Vortrag eines vereinigten Militärorchesters aus Soldaten verschiedener Nationen, was in dieser Form eine Weltpremiere war. Die Akustik war unnatürlich gut, was an der Übertragung lag, denn das Glas war schalldicht. Die vielen Menschen draußen hörten wahrscheinlich bei Weitem nicht so gut, wenn sie bei diesen Temperaturen im Freien überhaupt etwas genießen konnten.

Der erste Wagen rollte lautlos heran. Auf der Ladefläche lag einer der Lantis-Container. Ein riesiges, auf den Wagen montiertes Schild zeigte die lantische Eins. Eine Übersetzung war nicht nötig, denn die Zahlen, die die Lantis bei offiziellen Anlässen verwendeten, waren so einfach und logisch, dass jedes Kind sie auf Anhieb verstehen konnte. Eine Eins bestand aus einer senkrechten Basislinie, an der oben eine kürzere Linie im rechten Winkel nach links zeigte. Bei einer Zwei waren es zwei Linien, eine Drei hatte eben drei Linien, eine oben, eine in der Mitte und eine unten. Eine Vier hatte noch eine Linie oben nach rechts, eine Fünf hatte zwei nach rechts. Bei einer Sechs ließen die Lantis die kleinen Linien weg und gingen zu einer nächsten Basislinie über, was das Bild wieder vereinfachte. Anne liebte Logik und war deshalb von der lantischen Schreibweise sehr angetan. Nur dass das Zahlensystem der Lantis nicht auf einem Zehner-, sondern einem Zwölfersystem basierte, machte die Sache schwierig. Die Zahl Zwölf schien für sie eine besondere Bedeutung zu haben. Vielleicht waren es nicht nur zufällig zwölf Container, die sie auf dem Mond verborgen hatten.

Der zweite, der dritte und der vierte Wagen folgten.

„Wo ist der fünfte Container?", fragte Anne.

Walter zuckte mit den Schultern. „Ich sehe ihn auch nicht. Wir haben ihn vom Mond geholt, da bin ich mir sicher. Ich habe die Bergung persönlich geleitet."

„Vielleicht haben sie ihn schon vorher transportiert, weil er beschädigt ist", sagte Olaf.

Es konnte nicht anders sein, aber Anne war enttäuscht. Gerade mit diesem Container verband sie eine besondere Geschichte, und sie hätte ihn jetzt gerne gesehen.

„Schade, dass er fehlt."

14

In der Mitte des nahezu kreisrunden Raums stand Container 1. Zusätzlich zu den Stützen wurde er durch Ketten gehalten, die von den Ösen des Containers zur Decke gingen und straff gespannt waren. Um den Container herum war ein etwa vier Meter breiter, freier Raum, begrenzt durch eine Wand aus Panzerglas. Dahinter lagen die Kontrollräume. Der Raum mit dem Container war luftdicht verschlossen. Man wollte auf alle möglichen und unmöglichen Fälle vorbereitet sein, denn niemand wusste, was sie erwarten würde. Die gleiche Anlage gab es viermal, damit man an vier Containern gleichzeitig arbeiten konnte, aber die anderen drei waren leer. Zuerst wollte man Erfahrungen sammeln.

Professor Hawker war aufgeregt, ein lange nicht mehr erlebtes Gefühl. Es irritierte ihn etwas, weil er dachte, er wäre über alles erhaben. Das hier war doch kein wissenschaftliches Experiment, wie er sie schon unzählige Male durchgeführt hatte.

„Ineta, was machen die Kameras?"

Ineta Corbi sah von ihrem Kontrollpult auf. Sie war spürbar genervt, weil der Professor sich dauernd in ihre Arbeit einmischte. Sie wusste, was sie tat, denn sie sorgte schon seit zwei Jahrzehnten für einwandfreie Fernsehübertragungen. Auch hier würde alles funktionieren, aber der Professor tat so, als ob er der Einzige wäre, der Kompetenz besaß.

„Alles in Ordnung, Professor. Wir haben den Container aus allen Winkeln im Blick, und die Übertragung nach draußen ist einwandfrei."

Diese Übertragung nach draußen verursachte in Hawker zwiespältige Gefühle. Einerseits genoss er die Publicity, denn die Übertragung wurde von Milliarden Menschen live verfolgt. Jeder wollte beim Auspacken der ersten „Schatztruhe" dabei sein. Andererseits würde auch jeder sehen, wenn etwas schiefging, und das konnte bei Experimenten immer passieren. Hawker kannte Wissenschaft nur aus verschwiegenen Laboren. Die Medien schaltete man erst ein, wenn es etwas Positives zu berichten gab. Diesen Filter gab es hier nicht. Das bedeutete: Es musste funktionieren. Wenn nicht, würde seine Popularität einen Knacks bekommen, gleichgültig, ob er etwas für das Misslingen konnte oder nicht.

„Wang, sind die Roboter einsatzbereit?"

Kim Wang blickte stoisch auf seine Kontrollen. An ihm schien sowohl die allgemeine Nervosität wie auch das ruppige Verhalten des Professors abzuperlen wie Wasser an einem Lotosblatt. Jedenfalls merkte man ihm nichts an.

„Jawohl, Sir", sagte er nur.

„Und der Ersatzroboter?"

„Ebenfalls einsatzbereit."

Hawker blickte auf die große Digitalanzeige an der Rückwand. Sie sprang gerade auf 16:00. Sie lagen auf die Sekunde im Plan.

„Dann los!"

Wang gab einen Befehl ein. In der Wand des Untersuchungsraums öffnete sich eine Tür, ein Roboter rollte in den Raum. Das Team hatte ihn Tom getauft und seinen identischen Zwilling Jerry, obwohl sie weder mit einer Maus noch einer Katze die geringste Ähnlichkeit aufwiesen. Im Gegenteil, sie wirkten eher klobig und träge. Sie waren modifizierte Sprengstoffroboter, wie man sie zur Untersuchung und Entschärfung von Bomben einsetzte. Die üblichen Ketten hatte man durch Kunststoffräder ersetzt, so dass Tom und Jerry sich nahezu lautlos bewegten. Nur das für Elektromotoren typische Summen war zu hören.

Tom rollte auf die vordere Seite des Containers zu. An seinem Arbeitsarm war bereits das Werkzeug zum Lösen der Schrauben montiert. Dicht vor dem Container blieb er stehen, die eingebaute Kamera übertrug ein Bild von mehreren Schrauben in Großaufnahme.

„Womit sollen wir beginnen?", fragte Wang.

„Mit der oberen", entschied Hawker.

Wang tippte doppelt auf die Schraube, den Rest machte Tom selbstständig. Er setzte sein Werkzeug an, ruckelte ein paar Mal, dann löste sich die Schraube. Das Ruckeln wäre überhaupt nicht nötig gewesen, denn alle Schrauben ließen sich leicht bewegen. Dafür hatte Hawker im Vorfeld der Übertragung gesorgt. Er erinnerte sich noch zu gut an die Szene auf dem Mond, als man die Schrauben der Platte lösen wollte, hinter der die Folien mit den entscheidenden Hinweisen auf die Container verborgen waren. Dass die Schrauben nach fünfundsechzig Millionen Jahren sehr fest sitzen würden, hatte man eingeplant, aber dann hatte Olaf Bürki, Annes jetziger Mann, in der Aufregung vergessen, dass man die Schrauben der Lantis rechts herum drehen musste, um sie zu lockern. Anne hatte den Fehler erst im letzten Moment bemerkt. Fast hätte solch eine kleine menschliche Unachtsamkeit die Mission scheitern lassen.

Hawker wollte unangenehme Überraschungen vermeiden, wo immer es ging. Deshalb hatte er alle Schrauben ein winziges bisschen lockern lassen, womit dann auch schon der kritischste Teil erledigt war. Das Ruckeln des Roboters geschah nur, damit die Menschen vor den Bildschirmen glaubten, das Öffnen wäre eine schwierige Aufgabe. Wenn alle Schrauben nach fünfundsechzig Millionen Jahren so leicht gingen, als hätte man sie erst gestern angezogen, wäre das wenig glaubwürdig.

Mal mit mehr, mal mit weniger Ruckeln, mal langsam, mal schnell arbeitete Tom sich voran. Vierundzwanzig Mal schepperte es, wenn er eine Schraube in einen Behälter auf seiner Rückseite fallen ließ.

Jetzt kam der spannende Teil, der selbst Hawker in Unruhe versetzte. Er ging vor der Glasfront auf und ab, gab dauernd Anweisungen und knetete seine langen, dünnen Finger, als ob sein Leben davon abhing.

Tom hatte sein Werkzeug gewechselt und wurde jetzt von Jerry unterstützt. Jeder Roboter stand an einer Seite des Containers und hebelte den Deckel Millimeter für Millimeter nach vorne. Als sich der Deckel löste und frei an seiner Kette hing, hielt Hawker seinen Atem an, und mit ihm die Welt. Es passierte - nichts.

Nach etwa einer Minute, in der klar wurde, dass auch weiter nichts passieren würde, ließ Hawker den Deckel von der Kette nach oben ziehen. Zum Vorschein kam eine weitere Tür. Sie war bis auf das Scharnier an der linken Seite kreisrund und besaß in der Mitte ein Rad zum Drehen. Sie ähnelte verblüffend einer Schleuse, wie sie auch Menschen bauten.

Ein Mensch hätte diese Tür dann auch in Sekunden geöffnet, aber Tom und Jerry taten sich schwer damit. Für dieses runde Rad hatten sie kein passendes Werkzeug in ihrer Ausrüstungsbox. Sie brauchten zehn Minuten, in denen Hawker seine Finger fast gebrochen hätte. Er wollte diesen Container öffnen, und zwar JETZT.

Endlich bewegte sich das Rad und dann ging alles ganz schnell. Offensichtlich wurden einige Verriegelungen gelöst, und Tom konnte die Tür aufziehen. Aus der Öffnung rieselte gelbes Pulver.

Damit hatte Hawker gerechnet. Warum sollten die Lantis in Container 1 anderes Füllmaterial wählen als in Container 5? Das wäre unlogisch gewesen, und Hawker schätzte die Lantis als höchst logisch denkende Wesen ein. Dieses Pulver hatte man selbstverständlich schon untersucht. Es bestand aus einer Art Buckyballs, also aus riesigen Molekülen, die wie ein Tischtennisball nur eine dünne Schale hatten. Innen waren sie so leer, wie nur etwas leer sein konnte. Nicht einmal Luft war darin. Daher wogen sie fast nichts, waren aber auf Grund ihrer Geometrie extrem stabil. Auf Druck von außen gaben sie etwas nach, wurden dann aber von den Molekularkräften so stabilisiert, dass man sie mit normalen Mitteln nicht zerstören konnte. Diese Buckyballs verbanden sich untereinander zu Superkugeln, die als feines Pulver in kleinste Ritzen passten und sie stabilisierten.

Ein ziemlich perfektes Füllmaterial, fand Hawker. Die Firmen, die Anteile an den Forschungsergebnissen erworben hatten, stürzten sich darauf, als würde es um eine riesige Goldmine gehen. Dabei waren sie erst beim Füllmaterial angekommen. Wie mochte es erst mit dem anderen Inhalt sein?

Da Hawker und sein Team mit dem gelben Pulver gerechnet hatten, lagen die passenden Utensilien bereit. Tom und Jerry schleppten je einen Schlauch an, mit dem sie das Pulver absaugten. Übrig blieben Behälter unterschiedlichster Größe, die Tom einen nach dem anderen aus dem Container holte und auf eine separate Fläche im Raum legte, während Jerry sich weiter um das Pulver kümmerte.

Am Ende war der Container nur noch eine leere Hülle.

Die allgemeine Nervosität war verschwunden. Professor Hawker hatte mit dem Kneten seiner Finger schon lange aufgehört. Er stand nur noch an der Glasfront und beobachtete. Neben ihm sammelten sich immer mehr Mitarbeiter, bis alle, die nicht unbedingt gebraucht wurden, ebenfalls an der Glasfront standen. Es war eine Stimmung, wie Kinder sie an Weihnachten fühlten. Man stand vor einem Berg von Päckchen, die allesamt Überraschungen enthielten. Nur dass hier wirklich niemand wusste, was auf sie wartete.

Die Live-Übertragung wurde abgeschaltet. Tom und Jerry waren nicht in der Lage, die Feinarbeit an den kleineren Behältern zu leisten. Da mussten menschliche Hände ran, und das würde noch etwas dauern.

„Luftanalyse durchführen", sagte Hawker.

Wang saugte die Luft aus dem Raum ab und leitete sie durch ein System hochfeiner Filter und Sensoren.

„Keine gesundheitsgefährdenden biologischen oder chemischen Stoffe vorhanden", meldete er nach zehn Minuten. „Nur Restbestände der Buckyballs."

Die waren unschädlich, wie man wusste. Man sollte nur nicht zu viel davon einatmen, aber da die Luft abgesaugt war, bestand dieses Risiko nicht.

Hawker nickte zufrieden und Wang blies gefilterte, reine Luft in den Raum.

„Die Behälter auf die Labors verteilen", ordnete Hawker an.

Der Container selbst blieb hier. Darauf würden sich morgen die Materialwissenschaftler stürzen. Wenn ihnen die Analyse gelänge, würden für Auto-, Flugzeug- und Maschinenbauer goldene Zeiten anbrechen.

15

Professor Hawker bemühte sich, vor den laufenden Kameras seine schlechte Laune zu verbergen. Es gelang ihm nur eingeschränkt. Der Livestream aus Lantika, der das Öffnen der einzelnen Behälter des ersten Containers übertrug, hatte anfangs Zugriffszahlen verzeichnet wie sonst nur das Endspiel der Fußballweltmeisterschaft. Das hatte Hawker gefallen. Als dann klar wurde, dass jeder Behälter nur bergeweise beschriftete Folien enthielt, sank das Interesse schneller als ein Stein im Ozean. Die Menschen erwarteten Überraschungen, und Überraschungen sahen eben anders aus als endlose Schriftsätze, die erst einmal in verständliche Sprache übersetzt werden mussten. Der Professor in Hawker wusste natürlich, dass jede Information von vor fünfundsechzig Millionen Jahren hohen wissenschaftlichen Wert besaß, aber der Bürgermeister in Hawker sah seine Popularität genauso schnell sinken wie das Interesse. Er und seine Forschungsergebnisse verließen die Titelseiten der großen Zeitungen und wanderten stetig nach hinten.

Die anwesenden Reporter waren kaum weniger unzufrieden als Hawker. Ihre Redaktionen bezahlten horrende Hotelkosten und wollten entsprechende Ergebnisse. Die konnten ihre Leute beim besten Willen nicht liefern, was den Druck von zu Hause aber nicht verringerte.

Die Reporter hatten die verteilten Presseinfos in Sekunden überflogen. Erste Hände erhoben sich. Hawker wählte eine beliebige Hand aus. Der Mann stand auf.

„Samuel Miller, Associated Press", stellte er sich vor. „Das sind wenig Ergebnisse, wenn man bedenkt, dass über einhundert Forscher fünf Tage daran gearbeitet haben."

Hawker hörte den kaum versteckten Vorwurf wohl. Diesen Mann würde er nicht noch einmal aufrufen.

„Mehr haben wir nicht zu bieten. Die Anzahl der Wissenschaftler spielt hierbei keine Rolle, denn bevor diese arbeiten können, müssen die Dokumente übersetzt werden. Es gibt nicht viele erfahrene Übersetzer der lantischen Sprache, und die Software-Unterstützung ist auch noch nicht ausgereift. Dazu war die Zeit zu kurz."

„Wie lange wird die Übersetzung dauern?", fragte der vorige Reporter, ohne dass Hawker ihn dazu aufgefordert hätte.

„Ihre Kollegen möchten auch Fragen stellen. Aber da sie wahrscheinlich das Gleiche wissen wollen: mehrere Wochen, aber vielleicht auch Monate. Wir haben eben einen Container vollgepackt mit Folien in einer fremden Sprache gefunden. Vereinfacht gesagt ist das ein riesiges Lexikon mit historischen Informationen, Beschreibungen der damaligen Umwelt und vieles mehr. Es ist ein enormer Wissensschatz, der nicht nur übersetzt, sondern auch ausgewertet werden muss. Letzteres kann sogar Jahre dauern, aber das gewonnene Wissen wird für uns enorm wertvoll sein."

Hawker spürte, dass der Versuch, die Stimmung zu heben, misslang. Er ärgerte sich selbst viel zu sehr, um andere für etwas begeistern zu können, das ihm selbst nicht gefiel. Und dann kam die Frage, die unweigerlich kommen musste und die er jetzt schon hasste. Sie kam von einer attraktiven, jungen Frau, die sich als Mirjam Jakub, Jerusalem Post, vorstellte.

„Warum öffnen Sie nicht schon die nächsten Container, während die Übersetzung läuft? Aus Anne Winklers Bericht wissen wir, dass nicht überall nur Folien drin sind. Sie hat von technischen Geräten berichtet."

Hawker holte tief Luft. „Wir können die anderen Container nicht öffnen."

Überraschtes Raunen im Saal.

„Warum nicht?", riefen mehrere gleichzeitig.

Hawker musste warten, bis es leise genug für eine Antwort war. „Die Schrauben der anderen Container müssen in einer bestimmten Reihenfolge geöffnet werden. Nur beim ersten Container war die Reihenfolge egal."

Die Reporter schwiegen verblüfft. Damit hatten sie wohl nicht gerechnet. Genauso wenig wie Hawker. Die ganze Planung des wissenschaftlichen Areals war darauf ausgerichtet, vier bis sechs Container gleichzeitig öffnen und untersuchen zu können. Jetzt standen fünf Hallen und tausende Quadratmeter gut ausgestattete Labors leer. Hunderte hochqualifizierte Wissenschaftler saßen tatenlos herum oder trugen ihren wachsenden Frust in die anderen Teile der Stadt. Hawker kannte niemanden in Lantika, der nicht aus irgendeinem Grund höchst unzufrieden war. Die Bauarbeiter, die nach wie vor ein Gebäude nach dem anderen hochzogen, wie es der Plan vorsah, machten vielleicht eine Ausnahme.

„Könnte man nicht einfach ..."

„Ausprobieren?", unterbrach Hawker den Fragesteller. „Ich hätte eine intelligentere Idee erwartet. Wie Sie wissen dürften, ist jeder Container mit vierundzwanzig Schrauben verschlossen. Daraus folgt, dass die Menge der Möglichkeiten, sie zu öffnen, vierundzwanzig Fakultät ist."

Hawker sah in die Runde und entdeckte zu seiner Zufriedenheit viele ratlose Gesichter, aber keiner wagte zu fragen und sich so als unwissend zu outen.

„Vierundzwanzig Fakultät bedeutet, dass Sie bei der ersten Schraube vierundzwanzig Möglichkeiten zur Auswahl haben. Wenn Sie sich für eine Schraube entscheiden, bleiben dreiundzwanzig Möglichkeiten für die nächste Schraube, und so weiter. Das ergibt 24 mal 23 mal 22 mal 21 mal 20 bis hinunter zur letzten."

Hawker tippte etwas auf seinem Tablet-Computer, worauf eine Zahl an die Wand projiziert wurde:
620.448.401.733.239.439.360.000.

„Selbst wenn Sie eine 24er-Kombination pro Sekunde ausprobieren könnten, wären Sie länger beschäftigt, als das Universum existiert. Ich glaube kaum, dass Sie so lange warten wollen."

Einige lachten, andere schwiegen betreten.

„Woher wissen Sie das und was werden Sie tun?", fragte wieder Mirjam aus Jerusalem.

„Im ersten Container lag ein entsprechender Hinweis, der ziemlich einfach zu finden und zu übersetzen war."

In Wirklichkeit war es eine Art Comic gewesen, den jeder Teenager verstanden hätte. Dazu gehörte eine Warnung, die Container mit Gewalt zu öffnen. Aber die Reporter mussten ja nicht alles wissen.

Hawker sah über die Köpfe hinweg an die hintere Wand. Er hatte keine Lust, jemandem in die Augen zu sehen.

„Die Lantis-Container sind natürlich dazu da, geöffnet zu werden, sonst würde die ganze Aktion keinen Sinn ergeben. In jedem Container liegt eine Aufgabe, die gelöst werden muss, worauf man den Code für den nächsten Container erhält."

Gemurmel im Saal.

„Wozu soll das gut sein?", fragte jemand, den Hawker so schnell nicht lokalisieren konnte. Niemand schien sich mehr an die Regeln der Pressekonferenz zu halten.

„Darüber zu spekulieren, überlasse ich Ihrer Phantasie", sagte Hawker. „Sie haben ja jetzt einige Wochen Zeit. Ich danke für Ihre Aufmerksamkeit."

Er nahm sein Tablet und ging.

Das war noch einigermaßen glattgegangen, und wahrscheinlich hatte niemand seinen Ärger gespürt. Er fand es unverschämt von den Lantis, dass sie ihm Aufgaben stellten wie einem Studenten im ersten Semester. Wahrscheinlich wollten sie sichergehen, dass die Entdecker der Container sich erst das Basiswissen aneigneten, bevor es an die höherwertigen Erkenntnisse ging. Aber Hawker hatte weder vor zu warten, noch, sich etwas von jemandem vorschreiben zu lassen, der schon fünfundsechzig Millionen Jahre tot war.

Hawker grinste zufrieden in den Spiegel des Aufzugs, der ihn in sein Büro brachte. Zuletzt hatte er die Reportermeute so im Griff gehabt, dass keiner mehr nach Container 5 gefragt hatte. Der war nämlich schon offen.

16

Anne stand auf der Terrasse ihres Hauses und sah zum Waldrand. Die Zeit in Lantika war schön gewesen. Die wissenschaftlichen Anlagen waren hochinteressant und der Flughafenterminal beeindruckend. Er war eine Welt für sich, Hotels, Shopping-Mall und vor allem die Vergnügungsetage. Benny, der sowieso für den Weltraum schwärmte, war aus dem Simulator einer Rakete nicht mehr herauszukriegen gewesen. Auch jetzt erzählte er jedem, der es hören wollte oder auch nicht, von diesem Erlebnis.

Ihrer Familie hatte diese Woche gut getan, und das hatte sie sich redlich verdient. Trotzdem war Anne froh, wieder zurück zu sein. Ihre Augen saugten sich förmlich an den Bäumen des Waldes fest. Da wollte sie hin.

Nach ihrer letzten Mondexpedition waren sie in einen abgelegenen Ortsteil von Hofheim gezogen, in ein Haus am Ortsrand mit viel Grün drum herum. Sie hatten die Hoffnung, dass Annes extreme Gehirnaktivität in der Nähe der Natur zur Ruhe kommen würde. Lange Zeit hatte das nichts bewirkt, aber in den letzten Tagen deutete sich Besserung an. Es war in etwa so, als ob man nicht mehr mit 220 über die Autobahn rasen würde, sondern mit 180. Immer noch schnell, aber nicht mehr so extrem.

Annes Smartphone spielte eine Tonfolge ab. Die täglichen Updates der Lantis-Dokumente waren angekommen.

Anne holte sich einen Kaffee, nahm ihren Tablet-PC und setzte sich auf die Bank unter dem alten Apfelbaum, der am Rand ihres Grundstücks stand. Die Koordinatorin für die Lantis-Dokumente war etwas erstaunt gewesen, dass Anne wirklich alle übersetzten Texte haben wollte, denn das waren ziemlich viele. Und dann wollte Anne auch noch die eingescannten Originale. Aber letztlich hatte die Koordinatorin eingewilligt. Anne hatte schließlich die Berechtigung. Also bekam Anne seit ihrem Besuch alles, was die wachsende Anzahl Übersetzer produzierten.

Der Bildschirm zeigte links das Original und rechts die englische Übersetzung. Anfangs hatte sie viel Zeit damit verbracht, um beides zu lesen. Dann hatte sie sich mehr und mehr auf das Lantische konzentriert. Es klappte erstaunlich gut und ging immer schneller. Es war fast, als ob diese Sprache besonders zu ihr passte, als ob es eine unsichtbare Verbindung zwischen ihr und dieser Sprache gab.

Anne zuckte zusammen. Olaf klopfte ihr auf die Schulter, und zwar ziemlich heftig.

„He! Was soll das? Kannst du das nicht ein bisschen sanfter machen?"

„Was meinst du, was ich versucht habe? Du hörst nichts, du siehst nichts, und um mich bemerkbar zu machen, muss ich dich fast erschlagen."

„Tut mir leid", sagte Anne und deutete auf ihr Tablet. „Ich habe neue Dokumente bekommen."

Olaf setzte sich neben sie auf die Bank. „Das sehe ich, aber ich frage mich, was du damit machst. In den Minuten, die ich hinter dir stehe, hast du bestimmt fünfzig Seiten gelesen. Ich kann kaum die Überschriften erkennen, dann blätterst du schon weiter."

„Oh, Entschuldigung", sagte Anne. „Ich wusste nicht, dass du mitlesen willst. Soll ich dir erzählen, was drin steht?"

Olaf sah Anne an, als käme sie von einem anderen Stern.

„Es geht mir nicht darum, was da drin steht. Ich will wissen, warum du das so schnell lesen kannst."

Darüber hatte Anne noch gar nicht nachgedacht. Es war ihr nicht aufgefallen. „Ich lese nur das Lantische. Das geht schneller. Mehr weiß ich auch nicht."

„Du liest das Lantische? Ich fasse es nicht!"

Er sah nachdenklich auf Annes Tablet und wischte einige Seiten durch das aktuelle Dokument. Dann sah er ihr in die Augen und tippte ihr auf die Stirn.

„Ich möchte zu gerne wissen, was in deinem Kopf passiert. Normal ist das nicht."

Darauf hatte sie keine Antwort. Olaf ging zurück zum Haus.

Anne sah Olaf kurz hinterher, blieb aber sitzen. Sie wollte die Dokumente erst durchgearbeitet haben, bevor sie sich mit irgendwelchen Fragen beschäftigte.

Einhundertachtzig Seiten und zwanzig Minuten später folgte sie Olaf. Sie fand ihn in seinem Arbeitszimmer. Er saß an der Ausarbeitung für sein neues Seminar „Erfolgreiche Kommunikationstechniken in den Neuen Medien".

„Ich gehe noch ein bisschen in den Wald", sagte sie.

Olaf sah bedauernd auf seinen Bildschirm. „Ich habe leider ziemlich viel zu tun. Die ersten Vorlesungen gehen bald los."

„Kein Problem", sagte Anne.

So war es schon seit Wochen. Eine neue Vorlesungsreihe zu erarbeiten, brauchte viel Zeit, und die Woche in Lantika musste Olaf auch noch aufholen.

„Entspann dich gut", rief Olaf ihr hinterher.

Eine Zeitlang marschierte Anne zügig auf den angelegten Wegen. Das half, äußerlich und innerlich Abstand zu gewinnen. Dann verließ sie den Weg und wanderte zwischen den Bäumen hindurch. Die Blätter der jungen Buchen streiften sie am Arm, die Luft roch rein und unverbraucht. Mit der Zeit standen die Bäume dichter, und das

Gehen wurde mühsamer, aber das machte ihr nichts aus. Sie kam an eine Lichtung, die vollkommen mit Farn bewachsen war.

Sie ließ einen Moment ihre Blicke schweifen. Irgendetwas an diesem Ort zog sie magisch an.

Anne ging in das kleine Feld aus Farn hinein. Die Spitzen der Farnwedel streiften zuerst ihre Knie, dann ihre Hüften. Der Farn schien mit jedem Schritt höher zu werden. Bald musste sie sich ducken, weil er ihr bis zum Kopf reichte. Das Licht drang nur noch gedämpft durch das über ihr wuchernde Grün. Die Luft war heiß und schwül wie in den Tropen, aber Anne fand es nicht unangenehm. Es war einfach so.

Der Boden gab bei jedem Schritt nach wie ein natürlicher Teppich, geflochten aus den abgefallenen Farnresten. Wo kein Farn wuchs, wucherten riesige Magnolien mit großen, beeindruckenden Blüten. Kein Geräusch eines fernen Autos oder Flugzeugs war zu hören, wie es sonst in der Umgebung von Hofheim üblich war. Nur die vielfältigen Klänge des Waldes. Anne nahm sie mit einer Intensität wahr, wie noch nie zuvor. Überall zirpte und raschelte es. Vor ihr huschte etwas Pelziges durch den Farn. Ehe Anne genau hinsehen konnte, sah sie nur noch einen etwa fünfzig Zentimeter langen, nackten Schwanz.

Eine Ratte? So groß? Das kann nicht sein. Aber was dann?

Eine leichte Brise wehte durch den Farn, der jetzt schon eher wie ein Wald wirkte. Anne spürte den Wind so, als ob sie keine Kleidung trug. Er streichelte ihre Haut. Die Brise setzte die Farnwedel in Bewegung, so dass Anne einen Streifen Himmel sah. Sie hätte nie für möglich gehalten, dass etwas so blau sein konnte. Dicht über dem Farn flog ein Vogel, größer als alle, die Anne kannte. Er war überaus bunt und stieß einen Schrei aus, der Anne eine Gänsehaut über den Rücken jagte.

Der Schrei weckte Anne auf. Sie sah verwirrt um sich.

Wo bin ich?

Sie war weder nackt, noch war der Farn mehr als einen halben Meter hoch. Es gab keine fremden Tiere, und gelaufen war sie auch nicht. Sie lag mitten im Farn auf der kleinen Lichtung, und die Sonne schien ihr ins Gesicht. In der Ferne sah sie ein Flugzeug.

Konnte man so intensiv und real träumen, wie sie es getan hatte? Eigentlich müsste sie sagen: „... wie sie es erlebt hatte", denn sie glaubte jetzt noch, den Wind auf ihrer Haut zu spüren - aber das konnte nicht sein.

Was hatte Olaf gesagt? „Ich möchte zu gerne wissen, was in deinem Kopf passiert. Normal ist das nicht."

Was passiert in meinem Kopf? Werde ich jetzt verrückt?

Wer wusste denn schon, was die Strahlung aus dem Container angerichtet hatte? Außer der überwältigenden Hirnaktivität hatten die Ärzte keine Veränderungen festgestellt. Anfangs jedenfalls nicht, und später war Anne nie wieder zu den Ärzten gegangen.

Ich habe einfach nur geträumt.

So musste es sein. Sie hatte sich in der letzten Zeit nur noch mit den Lantis-Dokumenten beschäftigt, tausende Seiten gelesen, die die damalige Welt beschrieben. Wahrscheinlich hatte ihr Gehirn diese Informationen zu dem Traum zusammengebaut.

Anne versuchte, sich an Details zu erinnern. Das Tier mit dem langen nackten Schwanz könnte ein Vorfahre der heutigen Opossums gewesen sein. Davon hatte sie gelesen. Und der Vogel war vielleicht gar kein Vogel gewesen, sondern ein Flugsaurier. Menschen dachten automatisch, dass alle fliegenden Tiere Vögel seien, weil sie nichts anderes kannten. Anne konnte sich nicht erinnern, Federn gesehen zu haben, aber die sah man bei einem fliegenden Vogel auch nicht. Es war sowieso egal. Es war ja nur ein Traum.

Anne legte sich wieder zurück in den Farn. Den Kristallsplitter an ihrer Kette drückte sie fest auf ihre Haut. Ihre persönliche Erinnerung an die Lantis.

Was war das für eine Welt, in der sie gelebt hatten? Bis jetzt hatte sie nur davon gelesen. Fotos hatte es auf den Folien bisher nicht gegeben. Was würde sie darum geben, Bilder von damals zu sehen, richtige Fotos oder sogar einen Film. Das wäre fantastisch. Sie konnte nur hoffen, dass die Lantis einen Weg gefunden hatten, elektronische Dateien dauerhaft zu konservieren. Die Menschen hatten so etwas bisher nicht geschafft. Alle elektronischen Speichermedien waren vergänglich. Lange haltbar war kurioserweise das gute alte Papier. Und noch länger die in Stein gemeißelten Inschriften. Insofern waren die Folien schon eine beachtliche Leistung und eine gute Wahl.

In der Nähe raschelte es. Das Geräusch kam näher und wurde lauter. Anne stand auf. Da war es wieder, das Opossum. Jetzt konnte Anne es deutlich erkennen. Es schnüffelte hier und da, wohl auf der Suche nach Nahrung. Anne folgte ihm ein Stück in den Farnwald hinein. Der Farn entwickelte jetzt richtige Stämme. Obenauf saßen Wedel wie von einer Phönix-Palme, nur sehr viel größer. Das Opossum verschwand mit einem Satz in dichtem Gestrüpp. Es hatte Angst.

Der Grund der Angst näherte sich rasend schnell. Eine seltsame Kreatur wie ein übergroßes Huhn, aber mit scharfen Krallen und einem Echsenkopf kam zielstrebig auf Anne zu.

Meine Güte, was kann das schnell rennen.

„Alxasaurus", schoss es Anne durch den Kopf. Das war noch aus einem menschlichen Lexikon. Demnachhätte dieser Saurier zur Zeit der Lantis schon ausgestorben sein müssen, aber das Wissen der Menschen darüber war extrem lückenhaft. Auch von seiner Ernährungsweise wusste man nichts, aber dieses Exemplar hier sah nicht so aus, als würde es nur an Magnolienblüten knabbern.

Die Huhn-Echse war fast heran. Sie überragte Anne deutlich, aber seltsamerweise spürte Anne keine Angst. In einem Traum konnte man Angst fühlen, sogar sehr deutlich. Das stand irgendwo in ihrem Gehirn vermerkt. Aber Anne wartete ab und trat dann einfach nur zwei Schritte beiseite.

Der Alxasaurus stürmte so dicht vorüber, dass Anne mit einer schnell ausgestreckten Hand seine struppigen Federn berührte.

Himmel, was tue ich da?

Das Tier verschwand, ohne die geringste Notiz von Anne zu nehmen.

Die Federn fühlten sich ein bisschen kratzig an. Ein winziges Stück war an ihrer Hand hängengeblieben.

Anne sog die Luft ein. Angst. Sie roch Angst. Der Alxasaurus hatte selbst Angst gehabt und war auf der Flucht. Deshalb hatte er keine Zeit für sie gehabt.

Dann fiel ein gewaltiger Schatten auf Anne.

17

Hawker beobachtete Scheich Al-Qummi aus dem Augenwinkel heraus. Al-Qummi war tatsächlich nervös, wie ein Kind kurz vor der Bescherung. Immer wieder rieb er an seinem übergroßen Ring, als wäre es Aladins Wunderlampe.

Hawker wartete, bis die letzten Leute den Fahrstuhl verlassen hatten und sich die Tür wieder schloss. An der Seite waren mehrere Tasten von -1 bis 4. Hawker drückte keine davon, sondern steckte seinen Schlüssel in das Schloss neben der Taste für das Erdgeschoss. Der Fahrstuhl setzte sich in Bewegung. Würden draußen Leute auf die Anzeige schauen, sähen sie, wie der Fahrstuhl nach -1 fuhr und dort stehenblieb. Er fuhr aber weiter.

Als sich die Fahrstuhltür öffnete, standen Hawker und der Scheich vor einer schlichten Metalltür, an deren Seite ein Iris-Scanner in die Wand eingelassen war. Hawker musste sich bücken, um sein rechtes Auge vor den Scanner zu halten. Gleichzeitig sprach er „Bürgermeister Geoffrey Hawker" in ein Mikrofon.

Die Metalltür glitt geräuschlos zur Seite.

Vor Hawker und dem Scheich lag ein schmuckloser Gang mit Türen rechts und links. Sie gingen bis zum Ende durch.

Die Tür an der Stirnseite öffnete sich auf Knopfdruck. An der Wand des kleinen Raums hingen Schutzanzüge in verschiedenen Größen. Für Hawker und Al-Qummi gab es Spezialfertigungen mit ihrem Namen. Al-Qummi musste seinen Ring ausziehen, denn der passte nicht in die Handschuhe. Im nächsten Raum wurden sie mit einer Desinfektionslösung besprüht und dann kamen sie endlich in eine kleine Halle.

Al-Qummi kannte die Räumlichkeiten, schließlich hatte er sie gebaut. Aber er kannte sie nur leer. Jetzt stand in der Mitte der aufgebrochene Container Nr. 5.

Al-Qummi wollte wieder an seinen Ring greifen, fand ihn aber nicht an seinem Platz.

„Kommen Sie", sagte Hawker.

Er ging zum Container und Al-Qummi folgte ihm.

Der Scheich sah hinein.

„Er ist leer", sagte er überflüssigerweise.

Dann fuhr er mit seiner behandschuhten Hand zuerst über die schrundige Außenseite und danach über die vollkommen glatte Innenseite der Wandung. Auf dem Boden lagen Reste des gelben Pulvers. Der Scheich nahm etwas davon und betrachtete es intensiv, als würde er dadurch neue Erkenntnisse gewinnen.

Hawker ließ ihn. Er wusste, dass es ein emotionaler Moment war, wenn man ein Produkt in der Hand hielt, das fünfundsechzig Millionen Jahre alt war. Ihm war es ähnlich ergangen.

Wegen solcher Momente hatte Scheich Al-Qummi das unterirdische Labor gebaut. Hier konnte er als einer der Ersten Dinge sehen und berühren, die bis dahin verborgen waren. Andere riskierten ihr Leben, um zum ersten Mal den höchsten Berg der Erde zu besteigen oder die Antarktis zu durchqueren. Er investierte Geld, um einen Blick auf Werke der fernen Vergangenheit zu werfen, bevor sie die Allgemeinheit zu Gesicht bekam.

Der Scheich schüttelte das Pulver ab. „Wo ist der Inhalt des Containers?"

„Verteilt auf die Labors. Alle brennen darauf, dass Sie die wissenschaftlichen Untersuchungen freigeben."

Al-Qummi nickte zufrieden. Er hatte darauf bestanden, erst alles ansehen zu dürfen, bevor die Wissenschaftler es für ihre Untersuchungen zerlegten. Und da er dieses spezielle Labor komplett aus seinen privaten Mitteln finanziert hatte, gestand Hawker ihm dieses Vorrecht zu.

Eine Gestalt kam auf den Professor und den Scheich zu. Ihr weißer Schutzanzug musste auch eine Maßanfertigung sein, denn sie reichte Hawker kaum bis über den Bauchnabel. Dabei war der Kopf normalgroß, nur der Rest schien das Wachstum vergessen zu haben.

„Darf ich vorstellen", sagte Hawker. „Das ist Dr. Aroon Bakshi, der Leiter dieses Labors."

„Oh", sagte der Scheich und ernte dafür einen wenig freundlichen Blick.

Er schien seinen Fehler zu bemerken und ergänzte: „Der geniale indische Assistent, von dem mir Professor Hawker berichtet hat."

Der Blick wurde wieder sanfter, und die Gestalt schien um einen Zentimeter zu wachsen.

„Ich wollte Sie schon immer kennenlernen", sagte Al-Qummi und reichte Bakshi die Hand.

„Dr. Bakshi ist sehr zurückhaltend", sagte Hawker, „aber dafür umso kompetenter. Er genießt mein vollstes Vertrauen."

Bakshi hatte keine guten Erfahrungen mit der Öffentlichkeit gemacht. Seine schriftlichen Artikel wurden beachtet - so lange, bis er persönlich auftrat. Dann schien die Bedeutung seiner Entdeckungen auf die Größe seines Körpers zu schrumpfen. Zu Vorträgen war er nur einmal eingeladen worden. Man hatte ihm gleich zwei Kisten unterschieben müssen, damit er hinter dem Rednerpult zu sehen war. Das war wenig attraktiv für Kongressveranstalter. Bakshis Traum war gewesen, Chirurg zu werden, aber wie sollte das gehen, wenn man kaum auf den OP-Tisch sehen konnte? Hawker war Bakshis brillanter Verstand aufgefallen. Er wusste, würde er ihm eine Chance geben, würde Bakshi ihm sehr dankbar dafür sein. Ganz nebenbei würde Bakshi niemals zu einem Konkurrenten anwachsen, weder in der Popularität noch bei Frauen.

„Dr. Bakshi wird uns durch das Labor führen und den Inhalt des Containers zeigen."

„Folgen Sie mir." Bakshi drehte sich um und ging voran.

Es ging in einen Raum, in dessen Zentrum ein Tisch stand mit einem offensichtlich zerstörten Gerät darauf. Daneben lag jede Menge weiteres Material, das man noch nicht zuordnen konnte. Das meiste wies ebenfalls deutliche Beschädigungen auf. Manches waren nur noch Bruchstücke.

„Das ist die Quelle der Störstrahlung, die Anne Winkler durch eine Sprengladung ausgeschaltet hat, nehme ich an." Scheich Al-Qummi ging einmal um den Tisch herum.

„Das ist korrekt", sagte Bakshi.

„Weiß man schon, was dieses Gerät für eine Bedeutung hat?"

„Leider nein. Die Technik der Lantis ist uns noch zu fremd. Es scheint aber ein einzelnes Gerät zu sein, das nicht im direkten Zusammenhang mit dem restlichen Inhalt steht. Daher haben wir sehr viel Glück gehabt, wie Sie gleich sehen werden."

Die Dreiergruppe ging weiter. So interessant dieser Sender auch sein mochte, war er doch nur ein Haufen Schrott.

Das nächste Labor enthielt eine Anzahl quaderförmige Kästen, über deren Bedeutung offensichtlich Uneinigkeit herrschte. Eine Gruppe Wissenschaftler stand zusammen. Sie hatten Folien in den Händen und diskutierten. Sie grüßten nur kurz und machten dann weiter.

„Das hier war in dem nicht zerstörten Teil des Containers", erklärte Bakshi.

Neben den Kästen stand ein etwa ein Meter hoher Zylinder aus transparentem Material. Darum herum lagen

Bündel mit Kabeln und Schläuchen. Sie wirkten nicht alt, nur fremdartig. Geschützt durch die Buckyballs hatten sie die lange Reise durch die Zeit offenkundig gut überstanden.

„Weiß man schon, wozu das gut ist?", fragte Al-Qummi.

„Nein, Scheich. Wir haben nur alles ausgepackt, vom Pulver gereinigt und einige oberflächliche Untersuchungen durchgeführt. Sie wollten zuerst alles sehen."

Hawker merkte dem Scheich an, dass er jetzt gerne mehr gewusst hätte. „Wir haben eine ganz starke Vermutung. Sie werden gewiss nicht enttäuscht sein."

„Was für eine Vermutung?" Der Scheich wollte wieder an seinem Ring reiben, der aber immer noch nicht da war.

„Kommen Sie weiter, dann werden Sie selbst darauf kommen", sagte Hawker und nickte Bakshi zu. „Jetzt geht es in unsere Schatzkammer."

Der nächste Raum war durch eine gepanzerte Tür verschlossen, als ob man das hier unten noch gebraucht hätte. Selbst Al-Qummi kannte sie nicht und sah Hawker fragend an.

„Ich habe sie nachträglich einbauen lassen, um besonders wertvolle Inhalte zu schützen."

Jetzt schien der Scheich endgültig vor Neugier zu platzen, wie Hawker amüsiert feststellte.

Bakshi gab einen sechsstelligen Code in ein Tastaturfeld ein. Die Tür öffnete sich.

Wieder ein Tisch mit einer Kiste darauf. Sie hatte zwölf flache Schubfächer mit jeweils zwei Erhebungen, damit man die jeweilige Schublade daran herausziehen konnte.

„Sie gestatten", sagte Bakshi, stieg auf einen bereitstehenden Tritt und zog eine Schublade auf. Sie enthielt hunderte rechteckige Scheiben, die kaum größer als ein Daumennagel waren. Sie standen dicht an dicht nebeneinander, jeweils durch ein weiches Material getrennt.

Bakshi nahm eine Scheibe heraus und gab sie dem Scheich.

„Eine Glasscheibe", sagte der.

Er hielt sie gegen das Licht. „Da steht etwas drauf, aber zum Lesen ist es zu klein."

„Unter einem Mikroskop kann man es lesen. Auf jedem dieser Chips stehen vierundzwanzig Namen von Tieren."

„Interessant", sagte der Scheich. „Sie sagen Chips, also vermuten Sie, dass diese Scheiben Datenspeicher sind? Ein Fotoarchiv von Sauriern?"

„Viel mehr. Sehr viel mehr", sagte Hawker. „Erklären Sie, was Sie wirklich vermuten, Bakshi."

„Wir gehen davon aus, dass diese Scheiben holografische Datenspeicher sind, Speicherkristalle mit einem hohen Speichervolumen. An so etwas forschen zahlreiche Unternehmen weltweit. Die Lantis hatten anscheinend schon die praktische Einsatzreife von dem erreicht, was bei uns noch im Laborstadium ist, die logische Weiterentwicklung von Computerchips. Die Chips unserer Computer speichern im Prinzip zweidimensional, diese Kristalle dreidimensional. Entsprechend höher ist die Kapazität. Ein Speicherkristall von der Größe eines Zuckerwürfels kann fast fünfhundert Gigabyte an Daten aufnehmen."

„Also doch ein riesiges Bildarchiv?"

„Denken Sie größer. Viel größer", sagte Hawker. „Das menschliche Genom enthält etwa 1,5 Gigabyte an Informationen."

Al-Qummi brauchte einen Moment, um den Zusammenhang zu begreifen - und die Konsequenzen.

„Sie meinen, die Lantis haben auf diesen Chips die Genome von Tieren gespeichert?"

Hawker nickte. „Und wenn wir die Geräte aus dem letzten Labor richtig deuten, liefern die Lantis die Möglichkeit zur Erschaffung dieser Tiere gleich mit."

„So ähnlich wie in Jurassic Park? Diesem Film, in dem die Saurier wieder zum Leben erweckt werden?" Die Augen des Scheichs begannen zu glänzen.

„Viel besser. Bisher gingen wir davon aus, dass wir Genmaterial von ausgestorbenen Tieren brauchen, um sie wiederzuerschaffen. In Jurassic Park ist es der Mageninhalt von Mücken, die die Zeit eingeschlossen in Bernstein überdauert haben. Dieses Material ist aber immer nur bruchstückhaft vorhanden und muss ergänzt werden, was Einbußen an Qualität mit sich bringt und meistens auch nicht gelingt. Dabei ist das Genom nur eine riesige Aneinanderreihung von immer nur vier Buchstaben. Mehr nicht. 1,5 Gigabyte. Eigentlich ist es logisch, dass man diese Aneinanderreihung in Form von Bits und Bytes speichern kann. Das Genom ist sogar wie geschaffen dafür, und wenn man es dann noch holografisch als Kristall speichert, ist es nahezu unendlich haltbar. Man muss nur noch einen Weg finden, aus diesem Bauplan wieder einen Bau zu machen. Ein Wunder ist das nicht, nur Technologie. Vereinfacht gesagt muss man bloß die Buchstaben des Genoms in der richtigen Reihenfolge zusammenstecken."

Ganz so einfach war es zwar nicht, aber Hawker wollte den Scheich nicht mit Details quälen. Außerdem hielt er die Probleme für lösbar. Es war nur eine Frage der Zeit, bis die Menschen das aus eigener Kraft schaffen würden, aber dieses Warten war wohl nicht mehr nötig. Alles deutete darauf hin, dass die Lantis ihnen die Lösung auf dem Silbertablett präsentierten.

„Verstehen Sie jetzt, was Sie da in Händen halten?"

Al-Qummi betrachtete die kleine Kristallscheibe. „Sie meinen also, dass ich jetzt einen Saurier in der Hand halte?"

„Nicht einen", sagte Bakshi. „Vierundzwanzig. Und nicht vierundzwanzig Saurier, sondern vierundzwanzig Arten von Sauriern. Die Kristalle könnten sogar noch mehr

Daten aufnehmen, aber genauso wie wir werden die Lantis einen Sicherheitspuffer zur Fehlerkorrektur eingebaut haben. Deshalb nur vierundzwanzig."

Al-Qummi sah auf den Kristall in seiner Hand. „Vierundzwanzig Saurier", murmelte er. Dann sah er auf die herausgezogene Schublade, die randvoll mit den Kristallscheiben war. Hunderte.

„Zwölf Schubladen", murmelte er weiter.

„Ich habe eine Idee", rief er plötzlich, drückte Hawker den Speicherkristall in die Hand und war schon durch die Tür, bevor Hawker den Kristall an Bakshi weitergereicht hatte.

Die Tür zur ‚Schatzkammer' war nur gegen Eindringen gesichert und nicht gegen Hinausgehen. Sie öffnete sich, wenn man direkt davor stand. Bei der Sicherheitsschleuse musste Al-Qummi warten und Hawker holte ihn ein.

Hawker hatte eine gewisse Ahnung, was die Idee des Scheichs sein könnte, aber er spürte deutlich, dass Al-Qummi jetzt nicht reden wollte. Trotzdem musste eine Sache geklärt werden.

„Sie hatten das Vorrecht, als Erster zu sehen, was uns die Lantis in Container 5 hinterlassen haben. Dieses Wissen darf noch nicht an die Öffentlichkeit."

Al-Qummi sah Hawker an, sagte aber nichts.

„Die Menschen sind nicht reif dafür, wir müssen sie erst darauf vorbereiten. Außerdem müssen wir die Technologien entwickeln, um das umsetzen zu können, was Sie planen."

Jetzt lächelte der Scheich. „Sie wissen, was ich plane? Ich werde mir diese Chance nicht entgehen lassen. Damit werde ich in die Geschichtsbücher eingehen. Ich habe Ihnen zugesichert zu schweigen. Daran halte ich mich, aber ich werde meine Vorbereitungen treffen."

„Tun Sie es unauffällig. Denken Sie sich eine Geschichte aus, die Sie den Menschen präsentieren, damit sie nicht auf die falschen Gedanken kommen."

„Geschichten erfinden ist eine alte arabische Tradition", sagte der Scheich und verabschiedete sich in die Schleuse.

Hawker selbst ging wieder zu Bakshi zurück. Sie lächelten sich an.

„Die Präsentation der Speicherkristalle war ein voller Erfolg", sagte Hawker. „Der Scheich ist begeistert und wird uns alles geben, was wir wollen. Bei diesen Forschungen wird Geld keine Rolle spielen."

„Sehr gut", sagte Bakshi.

Hawker hielt ihm die offene Hand hin. „Aber jetzt will ich den wahren Schatz sehen, von dem Sie mir erzählt haben."

Bakshi legte einen kompliziert aussehenden Schlüssel hinein.

Hawker ging zur Rückwand des Raums. Neben den Kontroll-Leuchten fiel das Loch für den Schlüssel nicht auf, aber Hawker kannte es natürlich. Er steckte den Schlüssel hinein, wartete einen Moment, bis die elektronische Signatur ausgelesen war, und drehte ihn dann. Jetzt ließ sich die Tür leicht öffnen.

Der Tresor hatte nur einen einzigen Inhalt. Auf einem samtartigen Kissen ruhte eine Kristallkugel. Sie war so groß wie eine Orange.

18

Der Saurier bewegte seinen Kopf zum nächsten Baumfarn, um auch diesen abzuweiden. Dabei ging er zwei Schritte nach vorne, was einem kleinen Erdbeben gleichkam. Anne trat ein Stück zur Seite, damit sie bessere Sicht hatte. Sie schätzte seine Höhe auf etwa fünfzehn Meter. Der Brachiosaurus war ein gigantisches Tier, das allein schon durch seine Größe eine majestätische Ausstrahlung besaß.

Nur um dieses Tier zu sehen, war Anne den langen Weg bis hierher gegangen. Sie kam langsam näher, bis sie das stämmige Hinterbein fast berühren konnte. Die Haut ähnelte der eines Elefanten, allerdings war allein dieses Bein fast so groß wie ein ausgewachsener afrikanischer Elefant. Der Saurier roch nach Kraft, aber an dieser Stelle natürlich auch nach Dung. Das störte Anne wenig.

Das Tier rupfte ein Büschel Farnwedel ab, einige Überbleibsel schwebten langsam nach unten. Es nahm keine Notiz von Anne. Für seine Verhältnisse war sie winzig und bewegte sich kaum, stellte also keine Gefahr dar.

Hinter einem Gestrüpp, ein paar Metern neben Anne, ertönte ein klagender Schrei. Ein Alxasaurus, wahrscheinlich ein Kollege des Exemplars, das Anne fast umgerannt hätte, wälzte sich in einer schleimigen Masse. Es musste auf seiner Flucht in einen Madrax getreten sein. Das war ein Schleimpilz, der sich auf dem Boden ausbreitete und wie eine große Pfütze aussah. Wer in diese harmlos aussehende „Pfütze" trat, hatte verloren, außer man war ein Brachiosaurus. Die Masse war überaus glitschig, so dass man unweigerlich ausrutschte. Der Pilz breitete sich dann erstaunlich schnell über den gefallenen Körper aus und verströmte dabei ein lähmendes Gift. Der Alxasaurus hatte seinen Kopf noch frei. Seine Kraft reichte für einen letzten, klagenden Laut. Der Pilz kroch gerade in die Nase.

Anne sah sich aufmerksam um. Ein Madrax kam selten allein, aber sie konnte in Sichtweite keinen weiteren entdecken. Von oben rauschte etwas heran. Der Brachiosaurus hatte den Schrei gehört und wollte nachsehen, was da unten los war. Als Gegengewicht für den schweren Kopf auf dem langen Hals bewegte sich der Schwanz zur Seite, von Anne weg. Ohne Mühe entwurzelte er dabei einen gut sechs Meter hohen Baumfarn. Der Saurier roch an dem Pilz. Der war unwichtig. Madraxe interessierten ihn nicht. Er wollte seinen Kopf schon wieder heben, da stieß Anne einen grellen Pfiff aus.

Was tue ich da?, dachte Anne erschrocken.

Der Pfiff gefiel dem Brachiosaurus anscheinend gar nicht. Er stieß einen tiefen, röhrenden Laut aus. Der Schwanz hielt an und bewegte sich zurück.

Lauf weg!, schrie alles in Anne.

Sie blieb stehen.

Du musst Panik haben. Warum hast du keine Panik?

Anne wartete ruhig ab.

Der Schwanz rauschte mit der Geschwindigkeit eines startenden Flugzeugs heran.

Himmel. NEIN!

Aber sie kauerte sich nur blitzschnell zusammen.

Der Schwanz fegte über sie hinweg. Der Luftwirbel war so stark, dass Anne den Halt verlor und über den weichen Boden rollte. Sie blieb flach auf dem Rücken liegen - und lachte aus vollem Herzen. Was für ein Spaß!

Warum lache ich und habe keine Angst?

Anne stand auf und ging langsam aus Sichtweite des Sauriers. Schade, dass sie nur einmal mit ihm spielen konnte, aber wegen der Madraxe in der Nähe war ein zweites Mal zu riskant. Mit Bedauern warf sie einen letzten Blick zurück.

Der Saurier war zufrieden, dass er Anne los war, sein Kopf wanderte wieder in die Höhe.

Anne öffnete die Augen. Der Farn wuchs wieder in normaler Höhe, es dämmerte schon. Solange hatte sie hier gelegen?

Anne fröstelte. Die Temperatur in ihrem Traum war deutlich höher gewesen. Sie erinnerte sich sehr genau an alle Details - und die Panik, die sie im Traum vermisst hatte, wollte hochsteigen. Anne drängte sie vehement zurück.

Es war nur ein Traum.

Ihr Puls sank auf normales Niveau. Olaf würde sich Sorgen machen, wenn sie so lange wegblieb. Sie beeilte sich, wieder auf die Waldwege zu kommen und verfiel dann in leichten Trab. Trotzdem war es dunkel, als sie zu Hause eintraf.

Die Kinder waren schon im Bett. Olaf sah sie besorgt an. „Wo bist du so lange geblieben? Es ist schon elf Uhr."

Anne erzählte ihm von ihrem Traum.

„Wahrscheinlich war der Farn eine Art Trigger-Impuls", vermutete Olaf. „In der damaligen Zeit war Farn ein dominanter Teil der Flora, und das hat deinem Gehirn das entscheidende Stichwort gegeben. Ich hoffe, dass das gleich im Bett nicht mehr so ist und du schlafen kannst. Du siehst aus, als ob du es nötig hättest. Und ich auch."

Das mit dem Schlafen klappte nicht wie erhofft. Olaf atmete ruhig neben ihr, aber Anne konnte ihren Traum nicht mehr loswerden. Nach einer Stunde mit vergeblichen Versuchen einzuschlafen, stand sie auf. So hatte es keinen Zweck mehr. Sie ging zu ihrem Rechner und fand einen neuen Ordner mit übersetzten Lantis-Dokumenten. Nicht nur in Lantika, sondern überall auf der Welt arbeiteten Übersetzerteams. Ihr Output war geringer, aber trotzdem wertvoll. Für einen neuen Versuch einzuschlafen, war es zwar die falsche Therapie, aber Anne öffnete die Ordner trotzdem und begann zu lesen.

Nach etwa einhundertfünfzig Seiten stockte sie. Was war das eben? Anne blätterte zurück. Da wurde der Schleimpilz beschrieben, der ihr im Traum begegnet war.

Irgendwann kam Olaf herein. Er musste aufgewacht sein und gemerkt haben, dass das Bett neben ihm leer war.

„Was machst du hier?", fragte er. „Kannst du wieder nicht schlafen?"

Als Anne ihn ansah, machte er ein erschrockenes Gesicht.

„Wie siehst du denn aus?"

„Wie sehe ich denn aus?"

„Deine Haare sind zerzaust, deine Augen haben Ränder. Du siehst aus, als ob du gleich vom Stuhl kippen wirst. Hast du überhaupt geschlafen?"

Anne verneinte.

„Es ist gleich sieben. In einer halben Stunde müssen wir die Kinder wecken."

„Sieh dir das hier an."

Olaf wollte erst nicht, setzte sich dann aber doch.

„Lantis-Dokumente. Wie immer, wenn du etwas liest. Du solltest nachts darauf verzichten, sonst wirst du noch ernsthaft krank."

„Lies das hier."

Olaf las. „Der Madrax-Schleimpilz, von dem du mir erzählt hast. Was ist damit?"

„Dieser Schleimpilz kommt in keinen menschlichen Dokumenten vor. Kein Mensch hat davon gewusst."

Olaf zuckte mit den Schultern. „Kein Wunder. Schleim hinterlässt keine Versteinerungen, und etwas anderes haben wir bis jetzt nicht aus dieser Zeit gehabt."

„Und Madrax ist auch kein wissenschaftlicher Name, wie ihn Menschen vergeben. Es ist ein lantischer Name. Wir können diesen Namen und überhaupt von diesem Pilz nur das wissen, was uns die Lantis überliefert haben."

„Das ist logisch."

„Ich bin die ganze Nacht über alle bisherigen Dokumente durchgegangen. Es gab nicht den kleinsten Hinweis auf Madrax - bis jetzt."

Anne zeigte auf das Datum der E-Mail.

„Bis zu diesem Datum konnte ich nicht das Geringste über Madrax wissen - aber ich habe von diesem Pilz geträumt und kannte seinen Namen. BEVOR ich die Unterlagen der Lantis gelesen habe."

19

Hawker schob seine Hände vorsichtig unter das Kissen und hob es hoch. Dann holte er es langsam aus dem Tresor heraus. Jetzt fiel Licht auf die seltsame Kugel. Sie schimmerte in einem sanften Grün, aber nicht immer gleich. Der Grünton schien sich zu verändern.

Hawker war noch nie so fasziniert von einem Gegenstand gewesen, er konnte seine Augen nicht abwenden. Bakshi beobachte ihn, aber das war dem Professor egal. Es gab jetzt nur noch diese Kugel und ihn.

Sein Puls ging schneller, er war tatsächlich aufgeregt. Wahrscheinlich hielt er das Wertvollste in der Hand, was jemals ein Mensch gehalten hatte. Aber das war es nicht allein. Es war, als würde der Kristall etwas von ihm wollen.

„Ist das auch ein Speicherkristall?", fragte Hawker, einfach um etwas zu sagen, um die Stille zu durchbrechen und den seltsamen Bann aufzulösen, in den ihn der Kristall ziehen wollte.

„Das wissen wir noch nicht", sagte Bakshi. „Wir haben ihn noch nicht untersucht, es liegt aber nahe. Nur - wenn es ein Speicherkristall ist, hat er eine unglaubliche Speicherkapazität. Wenn man bedenkt, was allein auf ein kleines Kristallplättchen passt ..."

Das war Hawker klar. Bloß - was konnte das sein, das so viel Speicher erforderte, um solch einen Kristall zu füllen? Er hatte keine Idee.

Der Sog war immer noch da.

Hawker legte das Kissen ab, um den Kristall direkt in die behandschuhten Hände zu nehmen.

Bakshi hielt die Luft an.

Der Sog wurde stärker.

Was ist das?

Das war nicht nur ein fortschrittlicher, aber trotzdem toter Datenspeicher. Es war mehr.

Hawker schloss die Augen und horchte in sich hinein. Dieser Kristall wollte berührt werden. Hawker spürte einen wachsenden Drang, die Handschuhe auszuziehen und den Kristall in die bloßen Hände zu nehmen.

Hawker legte den Kristall auf das Kissen zurück.

„Wer außer uns beiden weiß noch von diesem Kristall?", fragte Hawker, während er seinen linken Handschuh auszog.

„Tun Sie das nicht, Professor", sagte Bakshi, aber Hawker zog auch den rechten Handschuh aus. „Nur Henrichsen hat ihn gesehen. Er hat ihn im Container gefunden."

„Henrichsen muss schweigen", sagte Hawker wie nebenbei und ohne den Kristall aus den Augen zu lassen. „Wo ist er jetzt?"

„Auf dem Weg nach Oslo."

Jetzt stutzte Hawker. „Was will Henrichsen in Oslo? Warum ist er nicht hier? Er darf keine Gelegenheit haben, über den Kristall zu berichten."

Seine Hände wollten nach dem Kristall greifen, aber Bakshi trat einen Schritt vor und drückte die Hände beiseite.

„Nicht. Hören Sie erst zu."

„Was ist?", sagte Hawker ärgerlich. Er wollte endlich diese grünlich leuchtende Kugel mit seinen Händen berühren.

„Henrichsen hat sie angefasst. Deshalb ist er nicht mehr hier."

„Reden Sie endlich", forderte Hawker ungehalten, „oder lassen Sie mich in Ruhe."

Bakshi holte tief Luft. „Henrichsen hatte natürlich die Order, alle Gegenstände des Containers nur mit Schutzkleidung zu berühren. Aber er muss auch diesen Drang gespürt haben, den die Kugel ausstrahlt. Schließlich hat er sie angefasst. Dann wurde er steif und stand da mit weit aufgerissenen Augen. So habe ich ihn hier im Raum gefunden."

Bakshi zeigte auf eine Stelle unweit des Professors.

„Er muss sich hierhin zurückgezogen haben, um unbeobachtet zu sein. Ich habe ihm die Kugel sofort abgenommen, dann ist er zusammengebrochen. Er hat sich auf dem Boden gewälzt, gezuckt und immerfort gesagt: „Alles brennt" und „mein Kopf explodiert". Zum Schluss hat er nur noch wirres Zeug geredet.

Hawker trat einen Schritt von der Kugel zurück.

„Was haben Sie mit ihm gemacht?"

„Ich habe ihn ins obere Labor gebracht und einen Arzt gerufen."

Hawker war sehr zufrieden. Selbst in dieser Ausnahmesituation hatte Bakshi daran gedacht, das Geheimnis des unterirdischen Labors zu wahren. Der Kleine musste sich ziemlich abgeschleppt haben.

„Den Kristall hat niemand gesehen?"

„Nein. Alle anderen waren beim Container und sind erst hergekommen, als ich mit Henrichsen auf dem Weg nach oben war und sie ihn reden gehört haben. Er war ziemlich laut. Es war nicht einfach, die anderen davon abzuhalten, mit nach oben zu kommen."

„Das war sehr wichtig. Niemand darf von unserer Arbeit erfahren, sonst war alles umsonst. Aber was soll Henrichsen in Oslo?"

„Die Ärzte konnten keine organischen Schäden feststellen, aber sein Gehirn ... Es würde wirken, als ob es einen Kurzschluss gehabt hätte, sagen die Ärzte. Vollkommen überlastet - und dann abgeschaltet. Mit so etwas sind wir in Lantika überfordert. Wenn Henrichsen eine Chance zum

Überleben haben soll, müssen wir ihn ausfliegen, haben die Ärzte gesagt. Einer hatte schon einen Flieger geordert."

Das musste alles kurz vor seiner Ankunft geschehen sein. Hawker konnte sich an einen kleinen Flieger erinnern, der gestartet war, als er sich mit Al-Qummi auf den Weg zum Wissenschaftsareal gemacht hatte. Zuvor hatte er zwei Stunden mit dem Scheich zusammengesessen und einige Pläne diskutiert, bevor er ihm als Höhepunkt das unterirdische Labor zeigen wollte. Zwei Anrufe hatte er abgewiesen, der Scheich besaß für ihn höchste Priorität. Wahrscheinlich hatte man ihn informieren wollen. Jetzt war es zu spät.

Er konnte Bakshi keinen Vorwurf machen. Er hatte das Beste aus der Situation gemacht. Unangenehm war das Ganze trotzdem. Hawker presste die Kiefer aufeinander und überlegte. Er würde jemand hinschicken müssen, der aufzupassen hatte, dass Henrichsen nicht redete.

„Ich will über jede Veränderung von Henrichsens Zustand informiert werden."

Bakshi nickte. „Dafür werde ich sorgen."

Widerstrebend zog Hawker seine Handschuhe wieder an.

Sobald er den Kristall in Händen hielt, begann der Sog erneut.

Hawker drehte ihn, um ihn von allen Seiten zu betrachten.

„Hier fehlt ein Stück."

20

Es sah aus wie die Fahrt in einen Kurzurlaub zu zweit. Die Kinder waren bei den Großeltern. Ihren Freunden hatten Anne und Olaf via Facebook mitgeteilt, sie würden sich ein verlängertes Wochenende in der Toskana gönnen, Ziel unbekannt, um Ruhe zu haben.

Die Reporter, die sich an Annes Fersen hefteten, waren weniger geworden, aber es gab sie immer noch. Anne konnte sich nie sicher sein, ob nicht doch jemand auf die Idee kam, bei ihr nach einer Story zu graben.

In der Toskana kamen Anne und Olaf nie an. Irgendwann bog Olaf vom Weg ab und fuhr in Richtung Genf. Dort wohnte sein Bruder Tobias in einem wunderschönen Chalet zusammen mit seiner Frau Elena. Elena hätte eigentlich auf der ersten Mondexpedition als Vertreterin Russlands mitfliegen sollen, war dann aber wegen eines unglücklichen Unfalls ausgefallen. Kurz vor diesem Ereignis hatte sie Tobias kennengelernt, als sie mit Anne und Olaf nach Genf gekommen waren, um den aufziehenden ersten Cyberwar aufzudecken. Tobias besaß das nötige Equipment, um zu beobachten, wie sich China und die USA gegenseitig ausspionierten und anschließend sabotierten.

Bald würden die Vier wieder zusammensitzen, aber dieses Mal war der Grund persönlicher Natur. Ihr eigentliches Ziel war Professor Adolphe Bernard, ein führender Neurologe, den Olaf noch von seinen Studienzeiten in der Schweiz her kannte.

Wie immer, wenn Anne und Olaf zu Besuch hierher kamen, präsentierte sich die Landschaft um den Genfer See als Postkartenpanorama. Das Wasser des Sees glitzerte in der Sonne, die schneebedeckten Gipfel der Berge leuchteten strahlend weiß vor einem blauen Himmel. Es war fast paradiesisch schön, aber Anne hatte alles andere als Urlaubsgefühle. Nach ihrer Rückkehr vom Mond hatte sie Monate bei Ärzten verbracht und sich dabei mehr und mehr wie ein Versuchskaninchen gefühlt. Das hatte sie beendet - und es würde nie wieder vorkommen. Dem Besuch bei Professor Bernard hatte sie nur zugestimmt, weil Olaf ihn persönlich kannte und weil sie wissen wollte, was in ihr vorging. Sie mochte es nicht, dass etwas in ihr passierte und sie nicht wusste, was.

Tobias und Elena hießen Anne und Olaf herzlich willkommen. Tobias war zwei Jahre jünger als sein Bruder und strahlte immer noch die Ruhe und Gelassenheit aus wie früher. Das Leben in der Schweiz war nicht so hektisch wie im Rhein-Main-Gebiet, und das färbte wohl ab. Elena war genauso schlank gewesen wie Anne, aber jetzt zeichnete sich eine deutliche Rundung unter ihrem Shirt ab.

„Du bist schwanger?", fragte Anne. „Davon hast du am Telefon gar nichts erzählt."

„Wir wollten euch überraschen", sagte Elena und legte einen Arm um Tobias.

„Das ist euch gelungen. Herzlichen Glückwunsch", sagte Anne und nahm Elena in den Arm „Wisst ihr schon, was es wird?"

Elena lachte. „Auf jeden Fall kein Weltraum-Kind. Kommt erst mal auf die Terrasse, dann können wir erzählen."

Vor der Kulisse der untergehenden Sonne schmeckte der Rotwein besonders gut.

„Das erste Mal, als wir so hier gesessen haben, stand die Welt kurz vor einem Krieg", sagte Olaf irgendwann. „Diese Zeiten liegen zum Glück hinter uns. Hast du eigentlich deinen Keller immer noch vollgestopft mit Technik? Das

Internet zu beobachten, dürfte ziemlich langweilig geworden sein."

Tobias war für die Sicherheit der Rechner und der Software am europäischen Forschungszentrum CERN verantwortlich, wo ganz nebenbei 1989 das moderne Internet erfunden worden war. Tobias hatte es sich zur Aufgabe gemacht, die Entwicklung des Internets weiter zu verfolgen und hatte dazu eine Menge Tools entwickelt, die ihm Einblicke in die innersten Vorgänge des weltweiten Netzwerks gestatteten.

Bei Olafs Bemerkung verfinsterte sich sein Gesicht. Er schwenkte den Wein in seinem Glas und beobachtete ihn nachdenklich.

„Die Technik ist sogar mehr geworden, dieses Mal finanziert von CERN, aber das unterliegt der höchsten Geheimhaltungsstufe."

Anne fixierte Tobias mit ihrem Blick. Diese Einführung konnte nichts Gutes bedeuten.

„Nach dem Terrorangriff auf den Teilchenbeschleuniger vor einigen Jahren hat CERN eine weitere Sicherheitsstufe eingerichtet, die der Öffentlichkeit unbekannt ist, und das soll auch so bleiben. Sie liegt nicht auf dem Forschungsgelände, sondern hier." Tobias deutete mit seinem Zeigefinger nach unten. „Ich kann von hier aus im Notfall sogar den Beschleuniger herunterfahren."

Olaf sah nach unten, obwohl dort nur das Holz des Terrassenbodens zu sehen war. Das waren überraschende Neuigkeiten. „Irgendwie verständlich", sagte er. „Niemand hat Lust, dass die Erde noch mal durch einen durchgeknallten Wissenschaftler und außer Kontrolle geratene Experimente bedroht wird."

Olaf kannte die Zusammenhänge. Der Terroranschlag und der damit verbundene Tsunami auf dem Genfer See hatten wochenlang die Nachrichten beherrscht. Aber das war eine andere Geschichte und ist lange her.

„Das ist aber nicht alles, was du sagen wolltest." Olaf kannte seinen Bruder zu gut, als dass der ihm etwas verschweigen konnte. Wegen einer Sache aus der Vergangenheit würde Tobias seinen Wein nicht so anschauen, als hätte jemand Benzin hineingegossen.

„Nein, das ist nicht alles. Leider. Die schöne, neue, friedliche Welt, wie ihr sie seht, existiert nur an der Oberfläche. Darunter sieht es anders aus."

Anne stöhnte. „Lernen die Menschen denn nie?"

„Die meisten schon", sagte Olaf, „aber nicht alle. Auch in einer unfriedlichen Welt gibt es viele, die von dem existierenden Zustand profitieren. Unglücklicherweise sind das die, die durch das alte System Geld und Macht haben, und diese Pfründe geben sie nicht kampflos auf, selbst wenn das für die Allgemeinheit besser wäre. Denk an die Waffenlobby in den USA. Es ist eine simple Wahrheit, dass mit weniger Waffen auch weniger Menschen sterben würden. Aber sobald jemand auch nur ein bisschen an den bestehenden Zuständen rüttelt, leistet die Waffenlobby erbitterten Widerstand, weil sie um ihre Gewinne fürchtet."

Anne brauchte nicht lange, um diesen Gedanken weiterzuspinnen. „Und heute geht es um tausendfach Größeres als bei der Waffenlobby. Die Rüstungsindustrie, die Geheimdienste, das Militär. Hier sind unfassbare Mengen an Geld hingeflossen, hier arbeiten weltweit hundert Millionen, und an der Spitze stehen Machtmenschen. Die lassen sich nicht einfach so ausknipsen. Schon klar."

Anne stand auf, ging zur Brüstung der Veranda und sah zu den Berggipfeln im Licht der untergehenden Sonne.

„Was sind dagegen schon ein paar Container, selbst wenn sie noch so viel Wissen enthalten", sagte Elena. Ihre Stimme klang traurig.

„Sie bedeuten sehr viel", sagte Anne. „Sie können mehr Macht bedeuten als je zuvor."

Sie drehte sich zu Tobias. „Zeig uns, was du weißt."

Tobias ging voran, eine schmale Holztreppe hinunter, Olaf und Anne folgten. Elena ging in die Küche, um das Abendessen vorzubereiten.

Sie kamen in einen Vorratskeller, wie man ihn unter vielen Chalets erwarten konnte. Das einzig Auffällige war ein gut gefüllter Weinschrank mit unterschiedlichen Temperaturzonen. Ansonsten gab es einen Stapel Wasserkästen, Waschmittelkartons und Regale mit Vorräten.

„Sieht sehr gefährlich und geheimnisvoll aus", bemerkte Olaf spöttisch.

„Das gehört zur erhöhten Sicherheit", sagte Tobias. „Oberstes Gebot ist Unauffälligkeit. Solange hier niemand etwas vermutet, wird auch niemand hier suchen. Von dieser Einrichtung wissen nur der engste Leitungskreis von CERN und ihr jetzt, aber ihr habt ja die höchste Sicherheitseinstufung."

Tobias öffnete die Tür eines schmuddelig aussehenden Wandschranks und schob ein altes Arbeitshemd beiseite.

Olaf pfiff durch die Zähne. „Wow! Iriserkennung, Stimmanalyse, Fingerabdruckscanner. Ich bin beeindruckt."

„Unauffälligkeit ist eben nicht alles, nur die erste Stufe."

Tobias legte seinen Zeigefinger in den Scanner, hielt sein Auge vor die Linse und sagte: „Tobias Bürki und zwei Gäste."

Ein Wandregal bewegte sich zur Seite, als würde es nichts wiegen, dabei war die Stahlwand, die sich mit dem Regal bewegte, gut acht Zentimeter dick.

Sie traten in einen Raum, dessen eine Hälfte durch einen hufeisenförmigen Tisch ausgefüllt wurde, auf dem vier Tastaturen verteilt waren. An der Wand hing ein übergroßer Bildschirm, und vor jeder Tastatur stand ein weiterer. Die andere Hälfte des Raums war mit einer Glasscheibe abgetrennt, eine klimatisierte Zone für die Rechnertürme.

„Das hat eine Stange Geld gekostet", bemerkte Olaf.

„CERN ist das teuerste Experiment der Menschheit. Bei den Milliarden, die da verbaut wurden, fällt die Million, die das hier gekostet hat, kaum auf."

„Und du arbeitest alleine hier?"

„Je weniger davon wissen, desto besser. Natürlich gibt es eine große Sicherheitsabteilung in CERN. Das hier ist nur die letzte Rückfallebene."

„Hört sich an wie im Krieg", sagte Anne.

Tobias zuckte die Schultern. „Besser ein paar Jahre vergeblich das hier bezahlen, als ein einziges Mal alles verlieren. Das ist nicht anders als bei jeder Hausratversicherung."

Anne ging zum Steuerpult. Ihre Hausratversicherung war billiger, aber im Vergleich zum Wert von CERN war ihr Haushalt ein Vogelschiss auf einem Fußballplatz.

„Jetzt wirf deine Maschinen an. Ich will wissen, was die Leute tun, denen der Frieden nicht gefällt."

Tobias setzte sich und gab einige Befehle ein. Auf dem Zentralbildschirm erschien eine Weltkarte. Nordamerika, Europa und Ostasien leuchteten strahlend hell. In Australien, Südamerika und Afrika konnte man einzelne helle Flecken erkennen, wo es größere Ballungsgebiete gab.

„Das sind die Knotenpunkte des Internets und der Grad der Helligkeit steht für den Datendurchsatz. Ich nehme jetzt mal alle bekannten kommerziellen Anbieter raus."

Es blieben nur wenige helle Flecken übrig. Die weitaus größten befanden sich in den USA, aber auch China hatte beeindruckende Flecken zu bieten. In Europa stach England heraus und ein Ort in der Nähe von Frankfurt. Der Rest wurde von vielen kleinen und mittelgroßen Flecken gesprenkelt.

„Das sind die Standorte der Geheimdienste, nehme ich an", sagte Olaf. „Die NSA geht sprichwörtlich mit leuchtendem Beispiel voran." Er deutete auf den Fleck in Deutschland, nicht weit von seiner Heimatstadt entfernt. „Das ist dann wohl die Zentrale der Amerikaner bei Wiesbaden."

Tobias nickte. „Eine friedliche Welt stelle ich mir anders vor. Interessant ist auch die Veränderung im Vergleich zu der Zeit vor zehn Jahren. Ich subtrahiere mal die Helligkeit."

Kaum ein Punkt fiel weg, eigentlich waren sie alle gewachsen.

„Die haben sogar noch aufgerüstet", sagte Anne. „Unfassbar. Und die Menschen merken nichts davon, sondern denken, alles sei besser geworden."

„Die Geheimdienste haben dazugelernt. Die Snowden-Enthüllungen von 2013 waren ein Riesenskandal, aber anstatt ihre Aktivitäten zurückzufahren, haben die Geheimdienste sie nur besser getarnt."

Anne ballte die Fäuste, aber Tobias war noch nicht fertig.

„Noch etwas ist interessant: der Datentransfer." Er blendete einige Linien ein. Sie konzentrierten sich auf einen Punkt in der Sahara.

„Lantika", sagte Anne wütend. „Sie zapfen Lantika an."

„Warum das?", fragte Olaf. „Lantika ist transparent. Alles wird sofort offengelegt, für alle."

Tobias drehte sich zu den beiden um. „Offensichtlich glauben sie das nicht, Geheimdienste sind laut Definition misstrauisch. Oder sie stehen in den Startlöchern, um doch etwas vor den anderen abzugreifen, falls etwas Wichtiges entdeckt wird."

„Kannst du mitlesen, was sie in Lantika abzapfen?", fragte Anne.

Tobias schüttelte den Kopf. „Das wäre illegales Hacken. Ich beobachte nur den Datenverkehr und welches Infopäckchen wohin fließt. So ähnlich, wie ein ADAC-Hubschrauber den Verkehr beobachtet. Der sieht auch nicht, was die Autos im Kofferraum haben."

„Gehen wir nach oben", sagte Anne. „Fürs Erste weiß ich genug."

Während die anderen schliefen, müde von der stundenlangen Diskussion nach Tobias' Bericht, hatte Anne den Eindruck, dass es in ihrem Kopf erst richtig losging. Wie fast jede Nacht. Zeit, darüber nachzudenken, blieb Anne nicht. Die mit der übermäßigen Gehirnaktivität verbundenen Kopfschmerzen begannen. Anfangs wäre sie fast verrückt geworden, jetzt waren die Schmerzen nur noch wie unangenehme Besucher, mit denen sie gelernt hatte umzugehen.

Anne schloss die Augen und umfasste ihren Kristallanhänger. Das war ihr Ankerpunkt. Dann ließ sie ihre Gedanken los, als ob sie den Schmerz einladen wollte. Sie stellte sich vor, wie sie ihn anlockte, immer weiter in sich hinein, bis in die Ecke, wo eine leere Truhe stand. Da hinein schob sie den Schmerz und schloss die Truhe zu. Nach zehn Minuten war es geschafft. Anne atmete auf und entspannte sich. Mit dem Kristall in ihrer Hand schlief sie ein.

21

Das Institut von Professor Alphonse Bernard lag in einem Vorort von Lausanne, nicht allzu weit entfernt von Genf. Kein Mensch war zu sehen. Im Kanton Waadt, dessen Hauptstadt Lausanne war, war Feiertag. Normalerweise wäre das Institut geschlossen gewesen. Olaf hatte eine Menge Überredungskunst aufwenden müssen, damit Professor Bernard eine Ausnahme machte. Anne wollte den Kreis der Mitwisser so klein wie möglich halten, und das ließ sie sich auch den Preis eines Kleinwagens kosten.

Professor Bernard empfing sie persönlich am Haupteingang. Er war eine Stück größer als Anne und strahlte das Selbstbewusstsein eines Mannes aus, der es zu etwas gebracht hatte. Er begrüßte sie mit einem festen Händedruck.

„Alphonse Bernard. Aber sagen Sie Alphonse zu mir, schließlich sind Sie die Frau eines alten Freundes."

„Vielen Dank, dass Sie uns diesen Besuch ermöglichen, Alphonse", sagte Anne. „Ich weiß, dass das ein großes Entgegenkommen ist, aber ich habe Gründe, weshalb ich auf höchste Diskretion achten muss."

„Keine Sorge. Bei mir sind Ihre Geheimnisse so sicher wie das Geld in einer Schweizer Bank."

Olaf räusperte sich.

Alphonse lachte. „Entschuldigung. Das mit dem Bankgeheimnis war einmal, aber es geht einem immer noch so von der Zunge. Es ist mir eine Ehre, dass Sie zu mir gekommen sind. Ich habe Ihren Fall mit höchstem Interesse verfolgt und alles gelesen, was ich dazu finden konnte."

„Wahrscheinlich kennen Sie meinen Kopf schon jetzt besser als ich selbst."

„Das ist mein Beruf. Aber ich bin überzeugt, dass wir heute noch jede Menge mehr herausfinden werden. Ich bin äußerst gespannt auf Sie."

„Nichts von dem, was Sie heute analysieren, darf an die Öffentlichkeit", sagte Olaf. „Die Unterlagen müssen wieder vernichtet werden."

„Selbstverständlich. Folgen Sie mir."

Alphonse führte sie durch eine große Halle, deren Wände mit Urkunden und Auszeichnungen behängt waren. Dazwischen immer wieder Fotos des Professors zusammen mit Prominenten.

Es folgten Stunden mit Untersuchungen durch die modernsten technischen Geräte, unterbrochen von schier endlosen Befragungen. Bei alldem wurde Alphonse von einem Assistenten unterstützt, der zwischendurch Auswertungen erstellte. Anne kam sich vor, als würde ihr Innerstes nach außen gekehrt, was ja so ziemlich den Tatsachen entsprach.

Am Ende des Nachmittags saßen Olaf und Anne im Büro des Professors und betrachteten ein dreidimensionales Abbild von Annes Gehirn auf einem Wandbildschirm. Das Bild rotierte langsam um die eigene Achse.

Alphonse schwieg. Er wirkte nachdenklich.

„Ich bin über alle Maßen erstaunt", sagte er nach der dritten Umdrehung. „Ich habe schon viel gesehen, aber so etwas noch nie."

„Können Sie etwas konkreter werden?", fragte Anne, die nach den Strapazen der Untersuchungen endlich ein Ergebnis hören wollte.

„Am besten zeige ich Ihnen einen Vergleich. Das hier ist ein normales Gehirn." Er blendete ein weiteres Gehirn ein und dann noch ein drittes. „Und das hier ist Ihr Gehirn, wie es Kollegen unmittelbar nach der Mondexpedition aufgenommen haben."

Die Qualität war nicht so gut wie die Aufnahme von heute, aber das war nicht das Entscheidende. Die ersten beiden Gehirne glichen sich erstaunlich, aber das heutige wies bedeutende Unterschiede auf.

„Wie Sie selbst sehen, scheint Ihr heutiges Gehirn wesentlich kompakter zu sein. Die Windungen sind enger, die Oberfläche müsste sich etwa verdoppelt haben. Gleichzeitig haben sich die Neuronen vermehrt."

Er tippte einen Befehl, woraufhin ein neues Bild erschien.

„Hier sehen Sie Ihre Gehirnaktivität bei unterschiedlichen Wahrnehmungs- und Denkprozessen. Ein einzelner Prozess verläuft schneller, als ob die Signale eine Abkürzung nehmen. Man würde jetzt erwarten, dass dadurch der Energieverbrauch sinkt, aber erstaunlicherweise ist die Gesamtenergieabstrahlung höher. Das lässt auf Hintergrundprozesse schließen, die ich mit meinen Mitteln nicht erfassen kann. Vielleicht hängt es hiermit zusammen."

Wieder eine neue Abbildung. Jetzt waren einzelne Regionen der Gehirne farblich markiert und wieder gab es deutliche Abweichungen der heutigen Aufnahme gegenüber der früheren.

„Die Bereiche, in denen etwas verarbeitet wird, haben sich verändert", stellte Anne fest.

„Richtig. Das heißt, Ihr Gehirn hat sich umgebaut, im Prinzip sogar erweitert. Und wie es scheint, ist dieser Vorgang noch nicht abgeschlossen. So deute ich jedenfalls die hohe Aktivität, die Sie auch im Ruhezustand erleben."

Anne fasste sich unwillkürlich an den Kopf. Was ging darin vor? Jetzt hatte sie Antworten und wusste doch kaum mehr.

Der Professor wandte sich von den Abbildungen ab und sah Anne an. „Wenn man es auf einen einfachen Nenner bringen will, könnte man sagen, Ihr Gehirn hat sich optimiert. Sie können Informationen schneller aufnehmen und verarbeiten. Das deckt sich mit dem, was Sie mir erzählt haben."

„Und wie kann das sein? Ich kann mir kaum vorstellen, dass diese Veränderungen allein von der Strahlung herrühren, der ich ausgesetzt war."

Alphonse zuckte hilflos mit den Schultern. „Das ist die Milliarden-Dollar-Frage. Wer die beantworten kann, würde als reicher Mann sterben. Ein Gehirn zu tunen, es im Prinzip mit einem Turbolader zu versehen, das ist unglaublich. Dafür würden viele Leute ein Vermögen geben. Mir fällt es auch schwer, die Strahlung dafür verantwortlich zu machen, aber eine sichere Aussage ist nicht möglich. Die vorliegenden Informationen über die Strahlung sind zu unspezifisch, und die Quelle der Strahlung haben Sie ja gesprengt, wenn ich Ihren Bericht richtig gelesen habe."

Professor Bernard zeigte die offenen Handflächen und hob die Schultern. „In dieser Richtung kann man keine Untersuchungen mehr durchführen."

„Das muss also offen bleiben", sagte Anne. „Kommen wir an einer anderen Stelle weiter?"

„Wenn ich eine winzige Probe nehmen dürfte ..."

„Auf keinen Fall!" Niemals würde Anne zulassen, dass jemand auch nur ein Milligramm ihres Gehirns abzapfte.

Alphonse wirkte enttäuscht. Man sah ihm an, dass er zu gerne Material für weitere Experimente gehabt hätte.

„Aber vielleicht noch ein kleiner Intelligenztest? Es wäre sehr interessant zu wissen, wie sich Ihr IQ entwickelt hat. Er war ohnehin schon hoch und müsste deutlich gestiegen sein."

„Ich will meinen IQ nicht wissen", sagte Anne bestimmt. „Der bringt uns einer Lösung keinen Schritt näher. Außerdem liefert er keine Erklärung, wieso mein

Gehirn Informationen träumen konnte, die es vorher nicht hatte."

Professor Bernard lehnte sich in seinem Stuhl zurück. Er sah ein, dass er Anne nicht zu weiteren Untersuchungen und Tests überreden konnte. „Sie meinen die Sache mit dem Schleimpilz, diesem Madrax."

Er sah wieder auf die Bilder von Annes Gehirn auf dem Wandmonitor.

„Das wird Ihnen niemand erklären können, wenigstens nicht wissenschaftlich. Mit einer Art von Telepathie könnte ich mich anfreunden. Wenn man Gedanken mit Sensoren messen und mit Computern auswerten kann, könnte es möglicherweise auch eine ähnliche, natürliche Gabe geben, auch wenn sie mir noch nie begegnet ist. Aber ein Blick in die Zukunft? Dafür gibt es keine wissenschaftlichen Grundlagen, und wilde Spekulationen sind nicht meine Sache."

„Meine auch nicht. Das bedeutet, wir haben einen weiteren offenen Punkt." Anne seufzte. Das waren nicht die Antworten, die sie erhofft hatte. Aber so waren eben die Tatsachen, und die musste sie nehmen, wie sie waren. Wenigstens fürs Erste.

„Eine letzte Frage noch. Werden die Überaktivität und meine Kopfschmerzen bleiben?"

Jetzt lächelte Alphonse. „Sie wissen die Antwort selbst - aber danke, dass Sie fragen. Wenn der Umbauprozess abgeschlossen ist, wird die Überaktivität aller Wahrscheinlichkeit nachlassen. Ihre Kopfschmerzen werden zwar geringer werden, weil die Ursache entfällt, aber verschwinden werden sie nicht. Schmerzen haben die unerquickliche Eigenschaft, dass sie sich verselbstständigen können. Daran können wir gerne arbeiten, aber wir sollten das Ende Ihres Umbauprozesses abwarten."

Der Professor sah vieldeutig zu Annes Kopf.

Anne konnte spüren, wie sich jede Faser seines Körpers wünschte, mehr über ihr Gehirn herauszufinden. Sie konnte ihn verstehen, denn schließlich war sie selbst mit Leib und Seele Wissenschaftlerin, auf die jedes Rätsel eine unwiderstehliche Anziehungskraft ausübte. Trotzdem hatte sie nicht vor, sich weiter untersuchen zu lassen. Die herkömmlichen Methoden waren an ihre Grenzen gekommen.

Um Alphonse nicht zu sehr zu enttäuschen, sagte sie: „Danke für Ihr Angebot. Sie haben mir sehr geholfen, und wenn mein Gehirn seine Arbeit erledigt hat, sehen wir uns vielleicht wieder."

Auf der Rückfahrt zu seinem Bruder sah Olaf zu Anne auf dem Beifahrersitz.

„Jetzt sitzt ein getuntes Gehirn neben mir. Ich fasse es nicht."

„Jetzt sitzt deine Frau neben dir. Ich habe nur eine kleine Anomalie."

Olaf ließ sich nicht beirren. „Wie soll ich dich denn ab jetzt anreden? Anne, the Brain? Oder ist dir Supergirl lieber?"

Anne puffte ihn in die Seite. „Pass besser auf, wo du hinfährst. Sonst kleben unsere beiden Gehirne gleich am nächsten Brückenpfeiler."

22

Die Assistentin von Professor Hawker hielt eine Papptafel in der Größe eines Posters in die Luft. Professor Hawker war der Ansicht, das würde mehr hermachen als ein projiziertes Foto. Das wäre zu gewöhnlich.

Die Papptafel zeigte einen Kreis mit vierundzwanzig Punkten gleichmäßig auf dem Rand verteilt, die schematische Darstellung der Schrauben, die den zweiten Lantis-Container verschlossen. Neben jedem Punkt stand eine Zahl; stilecht in Lantisch. Das war für die Reporter nicht wirklich schwierig, es gab sogar schon erste Lantis-Sudokus, die weltweit großen Anklang fanden.

Die Medienleute waren wieder angereist, als klar war, dass in dieser Pressekonferenz die Öffnung des zweiten Containers angekündigt würde, was man sich danach dann live anschauen konnte. Zum Schluss war es doch schnell gegangen. Die Übersetzer bekamen mehr Routine, die unterstützende Software wurde besser, und die Wissenschaftler konnten sich auf die Lösung der Aufgaben konzentrieren, die ihnen die Lantis gestellt hatten.

„Hier sehen Sie das Ergebnis unserer Arbeit der letzten Wochen. Wir haben alle Aufgaben erfolgreich gelöst und die Reihenfolge bestimmt, in der die Schrauben des zweiten Containers geöffnet werden müssen. In diesem Moment geht Ihnen die Grafik in digitalisierter Form zu, damit Sie sie weiterverarbeiten können. Haben Sie Fragen?"

Niemand meldete sich, alle wollten, dass das Programm weiterging.

Die Assistentin verließ die Bühne und Professor Hawker trat zur Seite. Der riesige Bildschirm, der die gesamte Stirnwand des Saals ausfüllte, leuchtete auf. Das Logo von Lantika stand in bester HD-Qualität und 3D im Raum und leuchtete von innen heraus. Scheich Al-Qummi hatte auch in dieser Hinsicht keine Kosten gescheut. Er saß an einem reichverzierten Tisch an der Seite, vor ihm ein großer roter Knopf.

Das Bild wechselte, der Container erschien. Die lantische Zwei war deutlich zu erkennen. Tom, der Roboter, stand schon bereit.

Der Professor nickte Al-Qummi zu. Der sah nochmals in die Runde und drückte dann demonstrativ auf den Knopf. Ein Ton erklang, ähnlich einem chinesischen Gong.

Tom begann sofort mit seiner Arbeit. Hawker verzichtete dieses Mal darauf, festsitzende Schrauben zu simulieren, und so hing der gelöste Deckel nach zwei Minuten frei in der Luft.

Das bekannte Pulver aus Buckyballs rieselte heraus und wurde sofort abgesaugt. Im Saal war es bis auf einige klappernde Tastaturen still. Hawker verschwand unbemerkt, um doch persönlich im Labor anwesend zu sein.

Die Bilanz nach zwei Stunden war: neue Berge von Folien, die dieses Mal technische Beschreibungen zu enthalten schienen. Dazu kam eine Anzahl Geräte, deren Bedeutung man zum jetzigen Zeitpunkt nicht erkennen konnte.

Es war ungefähr das, was Hawker erwartet hatte. Ein langsames Heranführen an ihre Technologie. Das war nicht unintelligent von den Lantis und ließ auf eine Menge Neues hoffen. Er verschaffte sich einen kurzen Überblick und ließ das Material auf verschiedene Labore verteilen. Die Wissenschaftler stürzten sich mit Feuereifer in die Arbeit. Niemandem fiel auf, wie Hawker verschwand. Es würde auch noch lange niemand bemerken, denn durch die großzügige räumliche Verteilung besaß keiner den Überblick, wer wo war. Man würde ihn immer gerade in einem anderen Labor vermuten.

Es war nicht so, dass ihn die Erkenntnisse aus Container 2 nicht interessierten. Sie würden die Menschheit einen großen Schritt weiterbringen, und es gab jede Menge Möglichkeiten, sich als Wissenschaftler dabei Anerkennung zu verdienen und sich eine Basis für lukrative Jobs in der Wirtschaft zu schaffen. Unter normalen Umständen hätte er mit allen Kräften darum gekämpft, an die vielversprechendsten Aufgaben zu kommen, aber die Umstände waren dieses Mal anders. Er hatte die Chance, etwas wirklich Herausragendes zu präsentieren. Etwas, womit noch keiner rechnete. Und das würde ihm den Nobelpreis einbringen. Er durfte sich nur keinen Fehler erlauben.

Hawker ging zielstrebig zum Aufzug und fuhr in die Tiefe.

23

Lantika, militärischer Bereich, amerikanische Zone. Ein wüstengelbes, ungekennzeichnetes Gebäude. Es sah aus wie ein langweiliger Schuppen für Geräte, die Fenster wirkten nur von außen, als wären sie aus Glas.

Der große Wandbildschirm zeigte einen Stadtplan von Lantika, auf dem unzählige blaue Punkte verteilt waren. Sie bewegten sich mit unterschiedlicher Geschwindigkeit, manche blieben auch an ihrem Platz. Man konnte den Eindruck bekommen, als würden Ameisen durch die Stadt wandern, in Wirklichkeit waren es die Handys der Bewohner und Gäste.

Auf dem Bildschirm vor Thomas Haslow war einer dieser Punkte rot markiert. Das war das Handy der hübschen Blonden aus dem Starbucks am Flughafen. Hilda Svensson hieß sie, wie er schnell herausgefunden hatte. Thomas ging dort öfter mal einen Kaffee trinken, weniger wegen des Geschmacks, sondern mehr wegen Hilda. Er musste nur auf einen dieser Punkte klicken und erhielt sofort die Handykennung und die Daten seines Besitzers. Hilda hatte gerade Dienst, was bedeutete, dass der Punkt sich kaum bewegte. Sie gefiel Thomas außerordentlich gut, und er wüsste zu gerne, ob sie einen Freund hatte.

Thomas stellte die Zeit im Programm zurück und ließ es im Zeitraffer die letzten drei Tage abspielen. Dabei blendete er die blauen Punkte aus, weil er sonst nur ein wildes Herumgewirbel sehen würde. Vor exakt drei Tagen war Hilda auch im Starbucks gewesen. Um 18:00 Uhr begann der Punkt zu wandern. Hilda ging shoppen. Dann fuhr sie mit der Elektrobahn in ein Wohngebiet, blieb dort 85 Minuten und fuhr wieder ins Flughafen-Center. Thomas rief die Ortsbezeichnung ab.

„Aha, sie geht ins Kino", murmelte er.

Das musste noch nicht viel bedeuten, wichtiger war die Zeit danach.

Thomas blendete die Punkte im Umkreis von zehn Metern um Hildas Handy ein. Einer war ganz nah dran. Seine Laune sank um etliche Grad - aber es konnte auch bloß eine Freundin sein oder nur ein Zufall.

Er verfolgte die beiden Punkte. Sie fuhren gemeinsam ins Wohngebiet, dann bewegten sie sich lange Zeit nicht mehr. Das war schlecht.

Thomas ließ sich die Handydaten anzeigen. Birger Fergusson, auch ein Schwede. Das sah nicht gut für ihn aus. Er markierte Birgers Handy ebenfalls und beobachtete den Verlauf im Zeitraffer. Morgens trennten sich die Punkte. Birger arbeitete ebenfalls am Flughafen, aber bei der Gepäckabfertigung. Mittags trafen sie sich kurz, um sich dann wieder zu trennen und dann den nächsten Abend und vor allem die Nacht wieder gemeinsam zu verbringen. Das Ganze wiederholte sich noch einmal.

„Scheiße."

Er wollte sich gerade ein Foto von diesem Fergusson und weitere Daten heranholen, als Howard Bedford seinen Stift fallen ließ. Das vereinbarte Zeichen, wenn der Boss kam.

Thomas schaltete blitzschnell in die normale Sicht, die sein Arbeitsplatz zeigen sollte.

„Haslow", kam die vertraute, aber nicht beliebte Stimme von schräg hinten.

„Jawohl, Sir", sagte Thomas und drehte sich um. Da stand Peter Willows mit seinem leicht birnenförmigen Körper und der streng gescheitelten Frisur. „Was kann ich für Sie tun?"

„Haben Sie Professor Hawker auf dem Schirm?"

„Nein, Sir. Er ist wieder verschwunden, wie die letzten Tage auch."

„Zeigen Sie es mir."

Thomas wusste, was sein Chef wollte und hatte die Sequenzen in einer Extradatei bereits zusammengestellt. Er teilte den großen Bildschirm in vier Bereiche und ließ die entscheidenden Szenen aus den vier vergangenen Tagen ablaufen.

„Sein Signal verschwindet immer am gleichen Punkt. Wir können also ausschließen, dass sein Akku mal zufällig den Geist aufgegeben hat."

„Was befindet sich dort?"

„Ein Aufzug, Sir. Ich habe schon jemand hingeschickt, der sich die Lokation ansieht. Es gibt dort auf den ersten Blick nichts Ungewöhnliches zu entdecken, jedenfalls nichts, was das Verschwinden des Signals erklären würde. Mehr habe ich nicht unternommen, um Ihre Anweisungen abzuwarten."

Nach mehreren Abhörskandalen war man vorsichtig geworden. Das galt erst recht, seit alle Welt dachte, die Zeiten hätten sich geändert und Geheimdienste wären überflüssig.

Willows' Gesicht nahm für eine Sekunde einen zufriedenen Ausdruck an. „Gibt es weitere Signale, die an dieser Stelle verschwinden? Oder sonstige Anomalien?"

„Keine, Sir."

Willows sah wieder gewohnt ernst aus. Bei weiteren Signalen, die verschwanden, hätte man sehr schnell ein Beziehungsgeflecht aufgedeckt, aus dem man eine Menge Rückschlüsse hätte ziehen können. Außerdem hätten sie mehr Ansatzpunkte für Beobachtungen gehabt. So blieb nur der Professor, und der war nun mal der bedeutendste VIP in Lantika.

„Beobachten Sie weiter", sagte Willows, während er sein

Handy aus der Tasche zog. „Erstellen Sie eine Kontaktmatrix und ein Bewegungsmuster von Hawker."

Willows drehte sich um und ging. Thomas hörte noch, wie er in sein Handy sprach. „Ich will einen detaillierten Bauplan und die Luftaufnahmen der Bautätigkeit von Block C1."

24

Das Team wartete bereits auf Professor Hawker. Neuigkeiten „von oben" waren begehrt, denn sie hatten keinen eigenen Zugang zu Informationen. Kein Internet, kein Handy. Das war der Preis für die Aussicht, ganz besondere Entdeckungen machen zu können, von denen andere nicht einmal etwas ahnten. Das unterirdische Labor war kommunikationstechnisch vollkommen isoliert. Es gab keinen physikalischen Netzwerkanschluss, Mobilfunk oder WLAN waren durch mehrere installierte Handy-Jammer unmöglich. Das alles war Teil des Sicherheitskonzepts, das Muhammad Arman, Sicherheits-Chef von Scheich Al-Qummi, ausgearbeitet hatte.

Arman hatte für die Heimatschutzbehörde in den USA gearbeitet und später für die NSA. Er kannte deren Möglichkeiten zum Abhören so gut wie kaum ein anderer. Fünf Jahre hatte es gedauert, bis er merkte, dass seine Karriere ihn nie nach oben führen würde. Muhammad war kein guter Name für eine verantwortliche Position in einer Sicherheitsbehörde in den USA. Und dass seine Eltern Kontakte in muslimische Länder hatten, tat ein Übriges. Da konnte seine eigene Weste so rein sein, wie sie wollte. Nach ein paar Jahren bei einem privaten Sicherheitsdienst hatte Al-Qummi ihn abgeworben. Arman hatte sofort zugesagt. Bei dem Scheich konnte er sein Können ausspielen. Al-Qummi legte auf Sicherheit höchsten Wert, was bedeutete, dass es in dieser Hinsicht keine finanziellen Grenzen gab.

Alle waren im großen Labor versammelt. Zwei Drittel des Raums wurden von Arbeitsplätzen mit unterschiedlichsten Geräten dominiert, im anderen Drittel stand ein Tisch für Besprechungen.

Fred Brown, Physiker und Materialwissenschaftler mit zahlreichen internationalen Auszeichnungen, verließ seinen Arbeitsplatz, auf dem ein Lantis-Gerät stand, sichtlich ungern. Er warf einen sehnsüchtigen Blick zurück, wollte aber auch wissen, was in der Welt und speziell in den anderen, öffentlichen Labors los war.

Gerd Möbius, Ingenieur und Experte für alles, was mit der Ausstattung von Genlabors zu tun hatte, stand am Espressoautomaten. Wenn er nicht gerade beide Hände zum Arbeiten brauchte, hatte er immer eine Tasse in der Hand. Er trug ein T-Shirt mit den Buchstaben ATGC, den Kürzeln für die Basen, aus denen sich die DNA zusammensetzte.

Cathy Waringer, IT-Expertin und Spezialistin für moderne Speichertechnologien, saß schon am Besprechungstisch, vor sich einen Tablet-PC. Ihre roten Haare standen wie immer wirr ab, ihr Gesicht war mit Sommersprossen gesprenkelt. Hawker vermutete irische Vorfahren, was sie ihm aber nie verraten wollte.

Aroon Bakshi stand vor der Wand mit ihrem Arbeitsplan. Er liebte Pläne und druckte ständig eine neue, aktualisierte Version aus.

Muhammad Arman blieb abseits sitzen und nickte dem Professor nur kurz zu. Er interessierte sich wenig für Wissenschaft, und die Abgeschiedenheit des unterirdischen Labors schien ihm nicht zu gefallen. Wahrscheinlich wünschte er sich zu Scheich Al-Qummi zurück. Der allgegenwärtige Luxus in dessen Umgebung war wesentlich attraktiver als ein nüchternes Labor. Den anderen war die Umgebung egal, Hauptsache, sie konnten ungestört ihrer Arbeit nachgehen. Versüßt wurde die Abgeschiedenheit durch die großzügige Bezahlung durch Hawker und den Scheich. Beides zusammen war mehr als genug Entschädigung dafür, dass sie das Labor nicht verlassen durften. Vorerst wenigstens nicht.

Hawker brachte das Team auf den letzten Stand der öffentlichen Forschungsergebnisse und berichtete vom Inhalt des zweiten Containers.

Er hielt einen Stick hoch. „Hier ist der aktuellste Stand der Daten, dazu die Fachartikel und das andere Material, das Sie sich gewünscht haben."

Hawker reichte Cathy den Stick. In wenigen Minuten würden die Informationen im Team-Wiki, ihrer gemeinsamen Wissensdatenbank, allen zur Verfügung stehen. Dazu kamen die wichtigsten Auszüge aus Online-Tageszeitungen und -Magazinen, die aber kaum nachgefragt wurden.

„Und wie ist Ihr aktueller Stand?"

Hawker sah seinen Leuten an den Gesichtern an, dass einiges passiert sein musste. Sie sahen übernächtigt aus, als ob sie durchgearbeitet hätten, aber trotzdem zufrieden und voller Tatendrang.

Cathy Waringer, die IT-Expertin, machte den Anfang. „Die Infos von gestern haben uns einen großen Schritt weitergebracht. Wir haben das Problem der Energieversorgung gelöst und konnten erste Geräte in Betrieb nehmen."

Das waren wirklich gute Neuigkeiten.

„Zeigen Sie's mir", sagte Hawker.

Cathy ging voran zu einem Arbeitsplatz, auf dem ein Lantis-Gerät lag, das in Größe und Form wie eine Pralinenschachtel aussah. Er war aus einem Material, das wie Porzellan schimmerte. Fred Brown tippte auf eine verdichtete Keramik, aber das konnte man ohne weitere Untersuchungen nicht feststellen. Cathy steckte ein Kabel mit einem improvisierten Stecker in eine Vertiefung auf der Rückseite. Einen Atemzug später erschien auf der Oberseite eine virtuelle Tastatur. Die Tastenfelder lagen enger zusammen, als Hawker es gewohnt war, aber die Lantis waren ja auch etwas kleiner als heutige Menschen. Ansonsten wirkte die Tastatur sehr normal. Die fremdartigen Buchstaben fielen Hawker schon gar nicht mehr auf, so gut kannte er sie.

Cathy drückte auf eine Taste mit dem Symbol eines Dodekaeders, eines regelmäßigen geometrischen Körpers mit zwölf Flächen. Die Lantis liebten die Zwölf und es war nicht verwunderlich, dass diese Taste eine besondere Bedeutung besaß.

Über der Pralinenschachtel begann die Luft zu flimmern. In der Größe eines Zwanzig-Zoll-Bildschirms entstand ein Feld, das etwa einen Zentimeter dick sein mochte. Genau konnte man das nicht feststellen, weil darin ein Symbol wuchs. Wieder ein Dodekaeder, aber dieses Mal dreidimensional. Er drehte sich langsam und strahlte von innen heraus wie ein Diamant.

„Wow!", sagte Hawker. Damit hatte er nicht gerechnet.

Er streckte seinen Zeigefinger aus, um den Dodekaeder zu berühren, zögerte aber noch. Er sah Cathy fragend an. Die nickte aufmunternd.

Er bewegte seinen Finger den letzten Zentimeter vor. Es prickelte leicht auf der Haut, als er in das Feld eintauchte.

Der Dodekaeder verschwand. An seiner Stelle tauchten eine Anzahl Symbole auf, die Hawker nicht deuten konnte.

„Ein dreidimensionales Menü, nehme ich an. Ein Computer? Oder eine Steuerkonsole? Wissen Sie schon, wofür sie gut ist?"

„So weit sind wir noch nicht. Wir haben sie gerade erst zum Laufen bekommen. Aber wir arbeiten dran."

Hawker warf einen sehnsüchtigen Blick auf den Stuhl vor dem Arbeitsplatz. Wie gerne hätte er sich jetzt dort hingesetzt und den Rest des Tages und die Nacht an der Konsole verbracht. Ein Stück fremder Technologie vor Augen, die auch noch funktionierte und ihn förmlich einlud, durch die Menüs zu wandern, war für einen Wissenschaftler aufregender als ein Aktenkoffer voller Goldbarren. So musste sich Columbus bei der Entdeckung Amerikas gefühlt haben.

Er riss sich vom Anblick der Konsole los und sah Cathy in die Augen. „Hervorragende Arbeit. Machen Sie weiter. Das ist Ihr Fachgebiet. Sie werden alles aus dem Ding herausholen, was möglich ist."

Cathy hatte nur darauf gewartet, sich wieder selbst mit der Konsole beschäftigen zu können. Nach wenigen Sekunden schien sie den Professor schon vergessen zu haben.

Am nächsten Arbeitsplatz wartete Gerd Möbius.

Was anfangs nur ein Zylinder, mehrere Quader, ein Berg von Schläuchen, Verbindungen und sonstigen Bauteilen gewesen war, hatte sich zu einer ansehnlichen Apparatur gewandelt. Der Zylinder lag auf der Seite. Er war jetzt fast zwei Meter lang, denn man hatte bei näherer Untersuchung festgestellt, dass der eine Zylinder nicht doppelwandig, sondern zum Ausziehen war. Vorne und hinten waren die Quader befestigt und überall kamen Schläuche heraus oder führten hinein.

„Haben Sie eine Bauanleitung gefunden? Oder wie haben Sie das hinbekommen?"

Möbius lächelte. „Es war gar nicht so schwierig, wie es am Anfang ausgesehen hat. Sehen Sie hier."

Möbius zog einige Steckverbindungen heraus und zeigte sie Hawker.

„Alle sind verschieden und passen nur an eine Stelle, wie bei einem guten Puzzle. Man braucht nur Geduld, aber falsch machen kann man eigentlich nichts."

Wieder war Hawker von den Lantis beeindruckt. Sie waren beileibe kein primitives Volk gewesen, sondern hatten enormen Weitblick bewiesen.

„Das passt ins Bild", sagte der Professor. „Wir versuchen ja nicht, fremde Technik gegen den Willen ihrer Erbauer zu entschlüsseln. Damit wären wir Jahre beschäftigt. Die Lantis wollten, dass wir die Container finden. Und sie wollten, dass wir ihre Technik aufbauen und anwenden. Sie haben die ganze Fracht bewusst für jemanden entwickelt, der sich nicht damit auskennt, und haben alles unternommen, damit man bei der Inbetriebnahme keine Fehler machen kann."

Hawker klopfte an den transparenten Zylinder.

„Konnten Sie das Ding schon in Betrieb nehmen?"

„Noch nicht. Hier öffnen sich keine Bedienelemente. Wir vermuten, dass diese Anlage durch die Konsole gesteuert wird."

Möbius zeigte auf den Arbeitsplatz, den Hawker zuerst besichtigt hatte. Cathy rührte mit ihren Fingern in dem virtuellen Bildschirm, als ob ihr Leben davon abhing.

Hawker ging einmal um den Aufbau herum und sah in jeden Winkel.

„Was ist Ihrer Meinung nach der Zweck der Anlage?"

„Es erinnert mich an ein Bett in einer Frühgeborenenstation", sagte Möbius. „Man könnte darin jemanden oder etwas versorgen, der isoliert aufwachsen soll."

Hawker nickte. „Das denke ich auch. Es passt zu den Speicherkristallen, die wir gefunden haben. Wenn der Gencode von Lebewesen darauf ist, wie wir vermuten, könnte das die Basisinformation für so etwas wie eine Brutmaschine sein."

„Das wäre phantastisch", sagte Möbius.

„Genau damit rechne ich", gab der Professor zurück.

Er sah zu einem Tisch am Rand, auf dem weitere der geheimnisvollen Kästen lagen. Bisher hatte sich niemand darum kümmern können. Wahrscheinlich enthielten sie die fehlenden Glieder in der Kette, um vergangenes Leben neu zu erschaffen.

Hawker spürte ein Kribbeln in seinem ganzen Körper. Er war überaus zufrieden. Dass sein Team das Problem der Energieversorgung gelöst hatte und erste Geräte schon funktionierten, war ein echter Durchbruch, mit dem er so schnell nicht gerechnet hatte. Wenn sie ab jetzt nicht nur schriftliche Informationen auf Folien, sondern elektronische hatten, würden sie noch schneller vorankommen. Hawker überlegte, ob er das Team aufstocken sollte. Aber mehr Leute würden das Risiko einer vorzeitigen Entdeckung exponentiell erhöhen. Passende Wissenschaftler zu finden, war extrem schwierig. Er konnte nur Top-Experten gebrauchen, und die mussten von heute auf morgen von der Bildfläche verschwinden können, ohne dass es auffiel. Unmöglich. So etwas funktionierte nur mit guter Vorbereitung. Selbst wenn das gelingen sollte, müsste man sie unbemerkt in das unterirdische Labor einschleusen und dort auch noch versorgen. Außerdem mussten er und sein Team den Ruhm dann mit anderen teilen. Das war alles nichts.

Aroon Bakshi riss ihn aus seinen Gedanken.

„Wir haben noch etwas gefunden."

„Noch was? Wie kann das sein? Ich dachte, wir hätten alles ausgepackt."

„Arman hat sich den Schrott und den Dreck vorgenommen."

Bakshi ging zu dem Regal, in das man die unbrauchbaren Teile gebracht hatte. Das waren im Wesentlichen Bruchstücke des Geräts, das für die Störstrahlung verantwortlich gewesen war. Dazu kam anderes, das die Explosion in Mitleidenschaft gezogen hatte, und jede Menge Kisten. Sie enthielten Mondstaub aus der Umgebung des Containers. Die Bergungsmannschaft hatte acht Kisten eingesammelt in der Hoffnung, damit auch kleinste Trümmerteile zu erwischen. Bis jetzt hatte sich niemand darum gekümmert, weil man mit den intakten Geräten genug zu tun hatte. Arman hatte dann aus Langeweile den Dreck durchgesiebt.

„Das hier ist wohl das Interessanteste."

Bakshi zeigte auf einen Speicherkristall, der den anderen bekannten Chips sehr ähnlich sah.

Hawker nahm ihn.

„Darauf sind keine Tiernamen, nur ein großes Y. Seltsam. Mir ist nicht bekannt, dass dieser Buchstabe bei den Lantis eine besondere Bedeutung hätte."

„Ich habe alle bekannten Dokumente mit der Suchmaschine bearbeitet und auch keine Hinweise gefunden", sagte Bakshi.

„OK. Dann müssen wir warten, bis wir eine Möglichkeit gefunden haben, die Speicherkristalle auszulesen. Wir packen ihn zu den anderen in den Sicherheitsraum."

Hawker machte Bakshi ein Zeichen, ihm in den Raum zu folgen.

„Hat Arman sonst noch etwas gefunden?"

„Sie meinen den Kristallsplitter, der an der Kugel fehlt? Nein. Leider nicht."

„Dann liegt der wohl irgendwo auf dem Mond herum. Wirklich schade."

Hawker holte die Kristallkugel aus dem versteckten Tresor. Er musste sie einfach sehen. Sofort spürte er wieder den Sog, der ihn verführen wollte, die Kugel mit bloßen Händen zu berühren. Dieses Mal konnte er ihm leichter widerstehen. Er musste nur an Henrichsen denken, der in Oslo lag und immer noch wirres Zeug redete. Niemand hatte ihm bisher helfen können.

Hawker legte die Kugel auf einen Tisch, setzte sich davor und betrachtete sie.

„Was haben Ihre Untersuchungen der Kugel ergeben?"

„Sie weist eine extrem schwache Strahlung auf; kaum messbar. Aber offensichtlich sprechen unsere Nerven darauf an."

Wie eine Fliege, die von Kerzenschein angezogen wird, dachte Hawker. Aber wehe, wenn sie ihm zu nahe kommt. Dann ... Exitus.

Dieses Rätsel musste warten. Leider.

Er nahm wieder den Chip mit dem Y in die Hand.

„Gehen wir zu Cathy. Vielleicht ist sie schon weitergekommen. Ein Rechner hat meistens eine Möglichkeit, Speichermedien auszulesen."

Cathy merkte gar nicht, wie der Professor und Bakshi hinter sie traten, so vertieft war sie in ihre Arbeit. Ihre linke Hand steckte in dem virtuellen Bildschirm und öffnete ein Menü nach dem anderen. Mit der rechten machte sie Notizen. Sie hatte mindestens schon zehn DIN-A-4-Blätter vollgeschrieben.

„Wie kommen Sie voran?", fragte Hawker.

Cathy sah so überrascht auf, als würde sie aus einer anderen Welt auftauchen.

„Oh, gut. Die Lantis machen es einem wirklich leicht. Die Bedienung ist intuitiv, nicht unähnlich einem Smartphone, nur dreidimensional. Über die Bedeutung der einzelnen Symbole und der dahinter stehenden Anwendungen kann ich aber nichts sagen. Dafür ist einfach zu viel auf dem Ding hier drauf. Und bis zum Betriebssystem bin ich auch noch nicht vorgedrungen."

„Können Sie schon Speicherkristalle auslesen?"

Hawker zeigte ihr den Chip mit dem Y.

„Nichts leichter als das."

Sie berührte ein Symbol in der rechten unteren Ecke. Es sah aus wie ein Zauberwürfel, der vor vielen Jahren zum Spielen sehr beliebt gewesen war. Das war offensichtlich der Weg zum Basismenü.

Im Bildschirm erschienen zahlreiche Symbole in mehreren Lagen versetzt hintereinander. Eins davon sah aus wie ein Speicherkristall.

Cathy tippte darauf.

Neben der virtuellen Tastatur erschien eine Vertiefung, die genau für solch einen Chip geschaffen war. Hawker legte ihn hinein. Der Chip sackte nach unten weg, das Loch schloss sich wieder.

Interessant, fand Hawker, aber solche Details waren im Moment nicht wichtig.

Auf dem Bildschirm erschienen drei Symbole. Der Chip enthielt eine Textdatei, eine dreidimensionale und eine zweidimensionale Darstellung von etwas, das einfach mit Y benannt war.

Cathy berührte das Symbol für 3D.

Ein verwickelter Faden erschien, mit dem niemand etwas anfangen konnte.

„Können Sie das vergrößern?"

Cathy berührte mit ihrem linken Zeigefinger einen Punkt auf dem Faden und mit dem rechten Zeigefinger einen anderen. Sie zog ihre Finger auseinander und der Strang wuchs entsprechend mit. Diesen Vorgang wiederholte sie mehrere Male. Jetzt konnte man erste Details erkennen.

„Das ist eine DNA". Bakshi sagte es so laut, dass die anderen aufsahen. Sie kamen herbei.

„Darf ich mal?"

Cathy machte Bakshi Platz. DNA war sein Fachgebiet.

Bakshi zoomte in den DNA-Strang hinein und heraus, sah sich verschiedene Bereiche an und sagte immer wieder „erstaunlich".

Schließlich wurde es Hawker zu bunt. „Wie schön, dass Sie das alles erstaunlich finden. Würden Sie uns an Ihren

Erkenntnissen teilhaben lassen? Was ist so besonders an dieser DNA?"

Bakshi räusperte sich wie vor einem Vortrag.

„Grundsätzlich ist der Aufbau dieser DNA so, wie wir ihn kennen. Das ist nicht verwunderlich, denn es handelt sich nicht um Aliens, sondern um Wesen, die auf unserem Planeten gelebt haben und dann ausgestorben sind. Trotzdem sind sie Teil des irdischen Gen-Pools. Nur, ich hätte jetzt das Gen einer Echse erwartet oder etwas ähnlich einem Huhn, was ja ein entfernter Nachkomme der Saurier ist. Es ist aber ein Säugetier-Gen."

„Sind Sie sich da sicher?"

Bakshi zog die Brauen zusammen. Diese Frage war fast schon eine Beleidigung.

„Ich bin einer der wenigen, der Saurier-Gene gesehen hat, extrahiert aus dem Mageninhalt einer Bernsteinmücke. Ich habe aus winzigsten Bruchteilen weitreichende Schlüsse gezogen."

Bakshi zoomte einen Teil des DNA-Strangs heran.

„Diesen ganzen Bereich gibt es nur bei Säugetieren. Das ist eindeutig."

„Haben Sie eine Vermutung, was es für ein Säugetier sein könnte?"

Bakshi zögerte. „Dafür ist es noch zu früh. Es wäre unwissenschaftlich, das jetzt schon zu sagen. Wir müssten ..."

„Nun sagen Sie endlich, was Sie denken", unterbrach Hawker. „Wir wissen, dass Sie Genome lesen wie andere Leute Bücher. Was glauben Sie, was es ist?"

„Der erste Eindruck ist viel zu kurz, aber ... Ich würde sagen - es handelt sich um das Genom eines Hominiden, und es ist ziemlich komplex."

Jetzt war es heraus. Das ganze Team schwieg. Ein Hominide - von vor fünfundsechzig Millionen Jahren. Das konnte nur eines bedeuten.

Hawker sprach es als Erster aus. „Ein Lantis. Wir haben das Genom eines Lantis vor uns."

Bakshi sah ehrfürchtig auf den Bildschirm.

Das war mehr, als alle erwartet hatten, aber es war die einzige vernünftige Schlussfolgerung.

Hawker dachte schon weiter. Das war die Entdeckung, auf die er kaum zu hoffen gewagt hatte. Das war der wissenschaftliche Jackpot! Absolut einmalig und nicht zu toppen. Das war ein Eintrag in die Geschichtsbücher der Menschheit.

„Ich werde Scheich Al-Qummi unterrichten. Konzentrieren Sie sich bei Ihrer weiteren Arbeit auf den Brutprozess. Nehmen Sie sich die Textdatei vor. Ich bin sicher, dass sie eine Anleitung enthält. Wenn Sie Material brauchen, wenden Sie sich an Arman. Er wird alles beschaffen. Gehen Sie davon aus, dass Geld keine Rolle spielt."

Er machte eine Pause, um seine Worte wirken zu lassen.

„Wir werden einen Lantis erschaffen."

25

Der Traum brach ohne Vorwarnung ab, einfach mitten im Geschehen. Gerade wollte aus dem Gelege eines Oviraptors ein Junges schlüpfen, da wurde es übergangslos schwarz in Annes Kopf. Der kurze, stechende Schmerz, der mit diesem plötzlichen Abbruch verbunden war, kam wie erwartet. Anne hatte ihn schon häufig erlebt, denn inzwischen war sie fast täglich draußen im Wald. Sie wollte sich nicht mit den kärglichen Untersuchungsergebnissen von Professor Bernard zufriedengeben. Als Wissenschaftlerin wollte sie der Sache auf den Grund gehen. Da es mit Untersuchungen von außen nicht ging, musste es eben von innen funktionieren. Es war schließlich ihr Kopf und ihr Gehirn.

Der Wald und der Farn hatten sich als zuverlässige Impulsgeber erwiesen. Sobald sie sich zwischen den Farn legte, die Augen schloss und ihre Gedanken laufen ließ, ging es los. Nur erschienen immer dieselben Szenen. Das seltsame Spiel mit dem Brachiosaurus, bei dem sie immer noch keine Angst spürte, der Madrax und später das Gelege mit dem schlüpfenden Jungen. Und jedes Mal war an exakt der gleichen Stelle Schluss. Es war, als ob man eine alte Schallplatte hörte, die einen Sprung in den Rillen hatte. Man konnte stundenlang denselben Musikausschnitt hören, bis die Nadel an der schadhaften Stelle mit einem hässlichen Knacken einen Sprung zurück machte.

Dieser Vergleich hatte Anne auf eine Idee gebracht. In Gedanken konnte sie Schmerzen einfangen und in einer imaginären Truhe wegsperren. Ob das auch mit ihrem Traum funktionierte?

Der Traum begann wie gewohnt. Als die Stelle kam, wo die Schale des Oviraptor-Eis einen Sprung bekam, stellte

Anne sich vor, sie würde den Tonabnehmer ihres Traums hochheben und ein Stück weiter auf der Platte wieder aufsetzen.

In ihrem Kopf krachte es fürchterlich. Anne hatte Mühe, ihren Schmerz wieder einzufangen. Wenn sie nicht schon gelegen hätte, wäre sie jetzt gestürzt.

Die nächsten zehn Minuten lag sie einfach nur da. Dicht über ihrem Kopf einige Farnwedel, weit darüber die Kronen der Buchen im Hofheimer Wald. Um sie herum Rauschen von Blättern, durchmischt mit den Stimmen darin versteckter Vögel.

In gewisser Weise war ihr Experiment ein Erfolg. Der Traum hatte nicht einfach wieder von vorne begonnen. Aber das Ergebnis war nicht das, was sie sich vorgestellt hatte. So war Wissenschaft leider allzu oft. Thomas Alva Edison hatte Hunderte vergebliche Versuche unternommen, bis am Ende eine brauchbare Glühbirne entstanden war. Anne war genauso entschlossen, nicht aufzugeben. Sie würde weitermachen, solange ihre Kräfte es zuließen. Sie umfasste ihren Kristallsplitter als Anker für ihr Inneres und startete den Traum erneut.

Beim dritten Mal hatte sie Erfolg. Es krachte wieder, aber nach einigen Blitzen in ihrem Kopf stabilisierte sich ein Bild. Es war anders. Neu.

Sie ging durch einen unbekannten Wald, Schlingpflanzen hingen von den Bäumen. Der Boden war weich und feucht, jeder Schritt hinterließ ein glucksendes Geräusch. Die Luft war heiß und schwül wie in einer Sauna. Anne kam an einen Bach und folgte ihm in die Richtung, in der das Wasser floss. Sie zwängte sich zwischen Pflanzen durch, die größer waren als sie selbst. Dann öffnete sich ein Blick auf einen See.

Anhanguera-Saurier kreischten in der Luft. Einer stürzte herab und pflügte mit seinem Schnabel durch das Wasser. Mit einer zappelnden Beute stieg er wieder auf.

Anne kämpfte sich bis ans Ufer einer kleinen Bucht durch. Ein paar Steinbrocken luden zum Balancieren ein. Auf dem letzten Brocken hielt sie an. Ihre Blicke schweiften vom satten Grün des Ufers über die Weite des Wassers. Sie spürte ein Gefühl wunderbarer Freiheit.

Dann sah sie nach unten.

Sie war so überrascht, dass sie den Faden verlor. Der Traum verschwand in einem aufziehenden Nebel.

Nein. Nicht jetzt.

So rasch wie möglich sammelte sie all ihre Konzentration. In Gedanken lief sie hinter dem Traum her. Sie fing ihn ein, bevor er ganz verblassen konnte. Die viele Übung mit den eingefangenen Schmerzen kam ihr jetzt zugute. Sie fing ihren Traum wieder ein und stellte sich vor, wie sie den Tonabnehmer zurück auf die Platte setzte, an der Stelle, als sie sich durch die Pflanzen zwängte und zum ersten Mal den See sah.

Anhanguera-Saurier kreischten in der Luft. Einer stürzte herab ... Sie war wieder in ihrem Traum. Sie ging zum Ufer, balancierte auf den Steinen, blieb auf dem letzten stehen und sah nach unten. Im Wasser erblickte sie ihr Spiegelbild - oder doch nicht?

Anne sah ein Wesen mit dunklen Augen und glatten, schwarzen Haaren. Es war eindeutig eine Frau, die anscheinend etwas kleiner als sie selbst war, etwa wie ein Teenager. Die Frau war nackt, aber das war es nicht, was Anne so überrascht hatte. Die Haut der Frau glänzte grün. Auch da, wo sich bei Menschen das Weiße im Auge befand, leuchtete es grün.

Die Frau sprang kopfüber ins Wasser. Das Spiegelbild verschwand.

26

Endlich konnte er auf die lästige Schutzkleidung verzichten. Aroon Bakshi war erleichtert, den anderen ging es ähnlich. Mittlerweile war klar, dass von den Geräten der Lantis weder Giftstoffe noch Keime ausgingen, die ihnen gefährlich werden konnten. Umgekehrt machten Staub und Keime aus der Jetztzeit den Lantisgeräten nichts aus. Also sparte man sich den Umstand - und vor allem die Zeit, für eine keimfreie Umgebung zu sorgen.

Die gewonnene Zeit empfand Bakshi als größten Gewinn. Er verbrachte jede Minute mit dem Genom auf dem Y-Speicherkristall und den Geräten, die aus diesem Datensatz wieder ein Wesen schaffen sollten. Er konnte immer noch nicht glauben, dass so etwas möglich sein sollte, an Schlaf brauchte er gar nicht zu denken. Die Phantasie über das, was mit so einer Technologie machbar war, hielt ihn wach. Vermutlich sah er fürchterlich aus, aber das war ihm egal und den anderen auch. Ihnen ging es mit ihren Aufgaben kaum anders.

Vorsichtig öffnete Bakshi den Tiefkühlbehälter, den Arman eben vorbeigebracht hatte. Arman war neben Professor Hawker der Einzige, der nach oben durfte. Einer musste schließlich das Material besorgen, das sie für ihre Arbeit brauchten.

Der Behälter enthielt fünf Kapseln mit Flüssigkeiten entsprechend der Beschreibung im Handbuch des Gencomposers. Vier gleich große waren mit A, T, G und C bezeichnet. Das waren die Kürzel für die Bausteine der DNA, die die Erb-Information enthielten. Die fünfte, etwas größere Kapsel zierte ein großes P, das für die Bausteine des Phosphatrückgrats der DNA-Helix stand. Hieran würden später die einzelnen Basen Adenin, Thymin,

Guanin und Cytosin angeheftet. Bakshi ging äußerst vorsichtig mit den Kapseln um. Für ihn waren sie wertvoller als ein Tresor voller Gold. Er baute sie in die dafür vorgesehenen Stellen im Gencomposer ein und schloss den Gehäusedeckel. Es war sehr ähnlich wie das Einsetzen von Patronen in einen Tintenstrahldrucker, und der Composer funktionierte auch fast so. Nur dass die „Düsen" so fein waren wie die Spitzen eines Rastersondenmikroskops, wie Bakshi es aus seinem früheren Labor kannte. Die Lantis hatten es einfach genial weiterentwickelt.

Bakshi startete einen Testlauf. Alles lief reibungslos, auch nach fünfundsechzig Millionen Jahren. Fasziniert verfolgte er, wie ein tausend Basen langer Strang einer DNA-Helix entstand.

Eine Tonfolge klang durch das Labor, ein Zeichen, dass Besucher unterwegs waren. Wahrscheinlich der Professor mit dem Scheich. Bakshi schaltete den Composer aus und ging ihnen entgegen.

Al-Qummi war anscheinend auch froh, auf die Schutzkleidung verzichten zu können. Er trug traditionelle Kleidung, wie Bakshi sie aus Masdar-City kannte, einen weiten Thawb aus leichter, weißer Baumwolle, und dazu die Guthra als Kopfbedeckung, die mit einem schwarzen Strick, dem Agal, zusammengehalten wurde. Professor Hawker trug wie immer einen maßgeschneiderten Business-Anzug.

„Salam alaykum", grüßte Bakshi. Er wusste, dass dem Scheich diese Höflichkeitsform gefiel. Der grüßte mit „Wa alaykum as-salam" zurück.

Die anderen grüßten einfach nur „Hallo", was den Scheich auch nicht zu stören schien. Anderes war ihm jetzt wohl wichtiger.

„Sie sind bereit, hat mir Professor Hawker erzählt?", fragte Al-Qummi.

„Jawohl. Wir können mit der Herstellung der Lantis-DNA beginnen. Wenn Sie möchten, können Sie den Prozess starten."

Natürlich wollte Al-Qummi. Deshalb war er ja hier.

Bakshi führte den Scheich und den Professor zum Composer.

„Hier wird die DNA erzeugt."

„Einfach aus einem Datensatz?"

„Es funktioniert ähnlich wie ein Drucker. Zwei Sonden erzeugen das Phosphatrückgrat und vier weitere heften dann die jeweiligen Basen in einem Endlosprozess an."

„Erstaunlich, dass das nach so langer Zeit noch funktioniert", fand auch Scheich Al-Qummi.

„Die Lantis haben ihre Geräte gut geschützt. Die Containerhülle hält jegliche Strahlung ab, und die Buckyballs absorbieren alle Erschütterungen. Bei den niedrigen Temperaturen auf dem Mond sind chemische Prozesse ausgeschaltet. Somit gibt es weder physikalische noch chemische Auslöser für einen Alterungsprozess. Im Prinzip sind die Geräte wie neu."

Der Scheich war offensichtlich beeindruckt.

„Was muss ich jetzt tun?"

Bakshi aktivierte den Monitor. Ein stilisiertes Bild von Lantika entstand. Darüber baute sich das Wappen des Scheichs auf, es schwebte majestätisch in 3D über der Stadt. Hawker hatte gemeint, man müsse dem Scheich für seine Millionen mehr bieten als ein simples Start-Symbol. Cathy empfand das zwar als Zeitverschwendung, hatte sich dann aber doch darangemacht, diese Startsequenz zu entwerfen. Das Ergebnis sah tatsächlich gut aus.

„Sie müssen mit Ihrem Finger das Wappen berühren", sagte Bakshi.

Der Scheich näherte seine Hand dem Symbol so vorsichtig, als wäre es der Schwarze Stein im Heiligtum von Mekka. Dann steckte er seinen Finger hinein.

Das Wappen drehte sich noch einmal um seine eigene Achse, bevor es verschwand. An seine Stelle trat ein Bild wie die ersten Stufen einer Leiter. Es begann zu wachsen, und schon nach wenigen Sekunden erkannte man den Beginn einer Helix.

„Das war alles?", fragte Al-Qummi.

„Den Rest erledigt der Composer", sagte Bakshi.

Professor Hawker räusperte sich. „Scheich Al-Qummi, Sie haben soeben die Erschaffung eines neuen Wesens aktiviert."

Das gesamte Team applaudierte.

Al-Qummi wirkte äußerst zufrieden.

Bakshi warf einen Blick auf die Helix. Sie wuchs rasant.

„Gehen wir zum Besprechungstisch", sagte der Scheich. „Ich möchte Ihnen auch etwas zeigen."

Arman war schon dort. Er packte eine übergroße Rolle aus und begann, sie an der Wand zu befestigen. Die Vorderseite war mit einer Folie beklebt, die verhinderte, dass das Team jetzt schon etwas erkennen konnte.

„Haben Sie keine Skrupel, einen Menschen zu schaffen?", fragte Al-Qummi. Es war wohl eher Neugierde, denn schließlich hatte er selbst den Prozess in Gang gesetzt.

„Es ist kein Mensch", sagte Hawker. „Es ist ein Lantis. Außerdem wollten die Lantis, dass wir so etwas tun. Sie haben es selbst bis ins Kleinste vorbereitet."

Al-Qummi wandte sich an Bakshi. „Wissen Sie schon etwas über diesen Lantis?"

„Durchaus. Das Wichtigste: Es nicht ein Lantis, es ist eine Lantis."

„Eine Frau?"

„Ein weibliches Wesen", korrigierte Hawker.

„Dann habe ich etwas Ungewöhnliches entdeckt", sagte Bakshi. „In ihrem Genom gibt es einen Teil, den wir sonst nur von Pflanzen kennen, Chlorophyll."

Jetzt war auch Professor Hawker überrascht. „Das ist wirklich ungewöhnlich. Haben Sie eine Erklärung dafür?"

„Nein, so weit sind wir noch nicht. Dieser Abschnitt macht allerdings den Eindruck, als sei er nachträglich hinzugefügt worden."

„Das würde bedeuten, die Lantis hätten sich genetisch modifiziert. Wie interessant."

„Das wäre eine Möglichkeit", sagte Bakshi. „Auf jeden Fall bedeutet es mit großer Wahrscheinlichkeit, dass sie grün ist."

„Grün? Fabelhaft." Al-Qummi klatschte in die Hände. „Es wird ja immer besser."

Arman war mit seiner Arbeit fertig. „Scheich?"

Al-Qummi nickte und Arman zog mit einer einzigen Bewegung die Folie ab.

Der Scheich machte eine majestätische Handbewegung. „Und so wird Lantika zukünftig aussehen."

Das große Panorama zeigte Lantika, wie sie es jetzt schon kannten, aber es war ein ganzer Stadtteil hinzugekommen. Bakshi konnte unschwer mehrere beeindruckende Hotels erkennen, aber das war nicht die größte Veränderung. Ausgehend vom Forschungsareal war ein großes Waldgebiet zu erkennen. Hinein führte ein Fluss, und es gab sogar einen See.

„Wir werden dort alles ansiedeln, was wir hier erschaffen."

„Sie wollen einen Jurassic Park aufbauen?" Bakshi konnte es nicht fassen. Mitten in der Wüste! Das musste ein Vermögen kosten, selbst für einen Scheich.

„Viel besser", sagte Al-Qummi. „Sehr viel besser. Im Jurassic Park waren bloß Saurier aus der damaligen Zeit auf einer heutigen Insel ausgesetzt worden. Ich werde eine komplett neue Welt schaffen, mit originalen Pflanzen und allem, was die Container bieten. Und hier ..."

Der Scheich ging vor das Panorama und zeigte auf einen bestimmten Abschnitt.

„... hier wird es eine kleine Siedlung mit Lantis geben, wenn Sie weitere erschaffen."

Bakshi brauchte einen Moment, bis er seine Sprache wiederfand. „Aber die Lantis sind keine primitiven Wilden, die man in eine Siedlung in einem Urwald einsperren kann."

Al-Qummi lächelte verschmitzt. „Richtig. Nur wissen sie es nicht."

Das stimmte. Sie konnten nur die Körper der Lantis erschaffen, vorausgesetzt, man würde ihnen Leben einhauchen können. Was diese Wesen wissen würden, lag allein bei den Menschen.

„Beeindruckend, Scheich. Wirklich beeindruckend", sagte Hawker. „Aber noch müssen wir vorsichtig sein. Dieser Plan darf nicht an die Öffentlichkeit. Wir müssen erst Ergebnisse präsentieren, das heißt, lebendige Lantis. Sonst könnte es eine Welle der Empörung geben und endlose Diskussionen."

Al-Qummi winkte ab. „Machen Sie sich keine Sorgen, Professor. Von mir erfährt niemand etwas, ich möchte meinen Triumph auch nicht vermasseln. Ansonsten hat Arman alles im Griff."

27

Sonntag. Heute war kein Walderlebnis angesagt. Anne und Olaf genossen die Sommersonne unter der Markise ihrer Veranda. Neben Anne stand ein Glas eisgekühlter Grapefruitsaft mit einem winzigen Schuss Blue Curaçao. Das ergab einen angenehmen Geschmack und ein schönes Farbenspiel. Olaf las eine der letzten Zeitungen, die es noch gedruckt gab. Er liebte das Rascheln von Papier. Anne hatte sie auch gelesen, in den Minuten, in der ihr Mann den Saft für sie geholt hatte. Niemand wunderte sich mehr darüber. Es war eben so, dass Anne alles schneller las. Jetzt wischte sie durch die immer wieder neuen Dokumente aus Lantika. Dort war Container 3 in Arbeit. Er enthielt weitergehende Einführungen in die Technologie der Lantis. Jede Zeile wurde den Wissenschaftlern von interessierten Unternehmen aus den Händen gerissen. Insgesamt mussten sich Einnahmen ergeben, die die Kosten der aufwändigen Bergung der Container mehr als deckten.

Anne legte ihr Tablet zur Seite. Dort vorne, in einer Ecke ihres großen Rasengrundstücks, standen ihre Kinder mit Freunden zusammen. Anscheinend tüftelten sie gerade aus, was sie den Sonntagnachmittag zusammen unternehmen wollten. Es war ein idyllisches Bild. So friedlich.

In Gedanken ließ Anne ihre Träume Revue passieren. Waren es wirklich Träume? Manchmal schien es, als wären es Erlebnisse aus einer anderen Welt, oder aus einem anderen Leben. Inzwischen hatte sie die Steuerung dieser Szenen einigermaßen im Griff. Sie war in immer neue Bereiche vorgestoßen, aber immer waren es Erlebnisse aus der Natur, meistens im Wald. Die grüne Frau schien die Natur sehr zu lieben. Leider hatte Anne sie nie wieder zu Gesicht bekommen, die Szene am See blieb die einzige.

Anne hatte sie oft wiederholt, um sich das Bild einzuprägen. Es gefiel ihr. Wenn die Haut und die Augen nicht grün wären, würde sie gut in unsere Zeit passen. Obwohl sie nackt war, hatte sie nicht den Eindruck einer primitiven Eingeborenen gemacht. Sie wirkte intelligent, bewegte sich mit großem Geschick in der Natur und war vor allem furchtlos. Anne hatte nicht ein einziges Mal erlebt, wie sie vor etwas zusammengezuckt oder erschrocken gewesen war. Anne hätte diese Frau gerne kennengelernt, obwohl - konnte man jemanden besser kennenlernen, als wenn man die Welt durch dessen Augen sah?

Diese Welt war jedenfalls beeindruckend. Anne erlebte eine Fülle an Pflanzen, duftenden Blumen und bunten Tieren, wie sie es nie für möglich gehalten hatte. Und das so zu erleben, wie sie es tat, war etwas ganz anderes, als es die besten Dokumente vermitteln konnten. Wie konnte man lesen oder in einem Film sehen, wie eine Frucht schmeckte? Anne hatte es erlebt, als hätte sie selbst hineingebissen. Wenn das alles durch den Meteoriteneinschlag in Yucatán zerstört worden war, hatte die Welt wirklich einen riesigen Verlust zu beklagen. Vielleicht konnte man einiges wieder zum Leben erwecken. Die Hinterlassenschaft der Lantis machte Hoffnung.

Die Türglocke läutete. Anne und Olaf sahen sich an, sie erwarteten keinen Besuch. Olaf ging öffnen und kam mit einem alten Bekannten wieder: Walter Bullrider.

„Ich muss doch mal sehen, wie du lebst, wenn du gerade nicht auf dem Mond bist", sagte Walter.

Er nahm das Angebot zu einem Kaffee dankend an. Nach ein bisschen Smalltalk kam das Gespräch unweigerlich auf Lantika.

„Du lebst ziemlich abseits. Bekommst du eigentlich mit, was in Lantika geschieht?", fragte Walter.

Anne deutete auf das Tablet, das neben ihnen auf einem kleinen Beistelltisch lag. „Stell dir vor, auch hier gibt es Internet. Ich verfolge die Forschungen sehr interessiert."

„Sie liest jedes Dokument im Original", ergänzte Olaf.

Walter hob die Augenbrauen. „Das ist echt viel."

„Sie haben Container 3 fast fertig. Die technischen Beschreibungen sind ein bisschen mühsam", sagte Anne.

Walter schüttelte den Kopf. „Sowas liest du auch? Das würde ich mir sparen."

„Ich bin halt neugierig."

„Habt ihr auch mitbekommen, was dieser Scheich veranstaltet?"

„Al-Qummi baut eine Pipeline vom Mittelmeer bis Lantika", sagte Olaf. „Darüber kommt dauernd etwas in den Nachrichten. Muss ein ziemlich beeindruckendes Projekt sein."

„Ich hab's mir angesehen", sagte Walter. „Die Pipeline ist riesig."

„Es heißt, er will die Aquifere schonen, aus denen Lantika sein Wasser bezieht. Die Pipeline soll das Wasser liefern, damit die uralten, unterirdischen Reservoire unter der Wüste erhalten bleiben."

Walter rollte mit den Augen. „Das sind die Märchen für die Öffentlichkeit. Klingen gut, sonst nichts. Dafür braucht er nicht so eine Riesenpipeline und die ganze Hektik ist auch unnötig. An anderen Stellen verschwenden die Scheichs mehr Wasser. Al-Qummi hat alles an Pipelinebaukapazitäten zusammengekauft, was er auf die Schnelle bekommen konnte. Und dazu noch zwei der größten Entsalzungsanlagen in Auftrag gegeben."

Olaf sah zu den Kindern, die gerade über einen Zaun kletterten. „Beeindruckend. Aber ich kann mir Schlimmeres vorstellen als eine zu große Wasserpipeline in der Wüste."

Anne hatte die ganze Zeit nur zugehört und Walter beobachtet. „Walter, rede nicht um den heißen Brei herum. Du bist weder zufällig hier vorbeigekommen noch willst du über irgendwas Belangloses plaudern. Was willst du wirklich?"

Walters Gesichtsausdruck signalisierte ihr, dass er sich ertappt fühlte. Sie hatte ins Schwarze getroffen.

Er setzte sich auf seinem Stuhl zurecht und rührte den Kaffee in seiner Tasse um, obwohl der Zucker sich schon längst aufgelöst hatte.

„Ich hätte wissen müssen, dass ich dir nichts vormachen kann. Bitte entschuldige. Ich glaube, dass in Lantika etwas vorgeht, das wir nicht wissen. Und darum mache ich mir Sorgen."

„Eine Sache, die niemand wissen soll, kenne ich schon", sagte Anne. Sie stellte ihre Tasse heftig auf dem Untersetzer ab. „Und zwar, dass sich da die Geheimdienste ihre Nasen wundschnüffeln. Das ärgert mich maßlos. Können die nicht mal bei einem weltweiten Wissenschaftsprojekt ihre Finger draußen halten?"

„Das weißt du schon?" Walter schien echt überrascht.

„Am Ende kommt doch immer alles raus", sagte Anne.

„Du weißt mehr, als öffentlich bekannt ist. Aber das hätte ich mir denken können. Dann weißt du sicher auch, dass Wissenschaft keineswegs harmlos ist. Die Militärs interessieren sich für alles, und für neue Entdeckungen ganz besonders."

„Ich gehe davon aus, dass alle Entdeckungen in Lantika für die Öffentlichkeit publik gemacht werden. Und da Amerikaner UND Chinesen gleichzeitig mit ihren besten Leuten vor Ort sind, sollte keiner dem anderen die Butter vom Brot klauen können."

Irgendeinen wunden Punkt hatte Anne getroffen, das spürte sie deutlich. Jetzt wollte sie wissen, welchen.

„Am besten erzählst du jetzt einfach mal ALLES. Sonst hat es keinen Zweck, miteinander zu reden."

„Ihr müsst schweigen", sagte Walter. „Kein Wort an irgendjemanden."

„Wir sind eingestuft für COSMIC TOP SECRET, das weißt du."

„Sonst wäre ich nicht hier." Walter ließ seine Tasse in Ruhe und sah Anne und Olaf an. „Also gut. General William Myers hat mich um Unterstützung gebeten."

Anne hatte mit vielem gerechnet, aber damit nicht. „DER William Myers? Der Direktor der NSA?"

Walter nickte.

„Ich fasse es nicht.

Die Kinder kamen an und begrüßten Walter Bullrider, den sie schon aus Lantika kannten und natürlich aus dem Fernsehen. Olaf versorgte sie und ihre Freunde mit Eis. Zufrieden zogen sie wieder los. Ihre Welt war noch einfach.

Anne wartete, bis alle außer Hörweite waren.

„Was hast du mit diesem General Myers zu tun? Will er auch etwas von mir? Deshalb bist du doch hier."

Nachdem das offensichtlich Schwierigste gesagt war, wirkte Walter wieder etwas lockerer. Glücklich sah er aber nicht aus.

„Myers und ich kennen uns seit der Schulzeit. Wir sind später gemeinsam zum Militär gegangen und haben dort zusammen studiert. Wir haben uns immer wieder mal getroffen, aber nie über unsere Arbeit gesprochen - bis auf letzte Woche. Myers hat ein Problem."

„Das muss wohl sehr schmerzhaft sein, wenn der Verantwortliche für die NSA persönlich den Mund aufmacht", sagte Anne. „Myers dürfte wissen, wie ich über das Ausspionieren von Privatleuten denke. Es würde mich nicht wundern, wenn er ein dickes Dossier über mich hat."

Walter fuhr sich durch seine Stoppelhaare. Er hatte mit Annes Widerstand gerechnet, aber genauso wie sie war auch er jemand, der niemals aufgab.

„Myers kennt deine Einstellung natürlich, aber er hat mir versichert, dass du nicht auf seiner Überwachungsliste stehst. Du bist für die NSA tabu."

„Welche Ehre", sagte Anne spöttisch. „Ich bin zwar Geheimnisträgerin, aber ich weiß nichts, was die NSA nicht sowieso schon wüsste. Mich zu überwachen, wäre Zeitverschwendung. Was will dein General denn?"

„Wir wissen, dass in Lantika Dinge vor sich gehen, von denen die Öffentlichkeit nichts ahnt. Wir vermuten, dass es mit Container 5 zu tun hat. Der liegt offiziell in einem Sicherheitsbereich, um gefährliche Strahlung abklingen zu lassen. Nur ist der dafür vorgesehene Bereich leer. Die Messgeräte liefern Phantomwerte."

„Die NSA und ihre befreundeten Dienste werden in der Lage sein, einen Container zu finden. Dazu brauchen sie mich ganz bestimmt nicht."

„Es gibt eine Vermutung, wo der Container ist. Professor Hawker verschwindet in regelmäßigen Abständen von der Bildfläche. Immer an der gleichen Stelle. Das ist bestimmt kein Zufall."

„Ach. Das hat die NSA einfach so bemerkt? Oder überwacht ihr Professor Hawker schon länger? Ihr wisst, dass Lantika exterritoriales Gebiet ist und Professor Hawker Diplomatenstatus hat?"

Walter nickte säuerlich. Er ahnte wohl, dass Anne der Wahrheit schon auf der Spur war. „Der Professor wurde nicht speziell überwacht. Es ist einfach so aufgefallen."

„Ich kann mir denken, wie es passiert ist", sagte Anne. „Ihr habt einfach alle überwacht, wahrscheinlich über Handyortung. Dabei sind ja auch die abhörsicheren Handys eingeschlossen. Dann habt ihr Bewegungsmuster erstellt und per Software nach Anomalien gesucht."

„Klingt logisch", sagte Walter. „Wahrscheinlich ist es genau so gewesen. Aber du sagst ‚ihr'. Ich habe damit genauso wenig zu tun wie du. Ich finde das alles auch nicht gut."

„Okay. Aber du hast immer noch nicht gesagt, was Myers will. Normalerweise ist die NSA nicht zimperlich, wenn es um Informationsbeschaffung geht. Oder liegt es an den Chinesen?"

„Das ist der Knackpunkt. Die Chinesen sind auch an der Sache dran, sie sind mindestens so aktiv wie die NSA. Wenn die NSA jetzt massiver vorgeht, würde das die Chinesen provozieren. Umgekehrt natürlich genauso. Sobald sich einer bewegt, kocht der Konflikt hoch. Und das möchte Myers vermeiden."

„Verstehe. Man ist vorsichtig geworden nach den Skandalen."

Anne sah zu den spielenden Kindern. Die Welt könnte so friedlich sein. Warum schafften die Menschen das bloß nicht? Ihr Tag hatte gut begonnen, und jetzt musste sie sich mit Themen herumschlagen, die sie nicht ausstehen konnte. Aber Walter saß nun bei ihnen, und das Problem lag auf dem Tisch. Sie konnte ihm keine Schuld geben. Er war genauso unfreiwillig hineingezogen worden wie sie jetzt.

„Was stellt sich Myers denn vor? Er glaubt nicht im Ernst, dass ich Informationen für die NSA besorge!"

„Ganz bestimmt nicht. Er sitzt im Grunde genommen selbst in der Klemme. Sonst hätte er sich nicht mit mir getroffen, sondern mit anderen Leuten aus seinem Apparat. Alles in der NSA ist dazu geschaffen, um Informationen zu gewinnen und auszuwerten. Wenn irgendwo etwas hochpoppt, kann man es nur kurze Zeit unterdrücken. Dann muss Myers reagieren. Aus Angst, andere könnten uns zuvorkommen, wird die Regierung Maßnahmen erwarten, und die könnten das Fünkchen sein, das das Feuer in Gang setzt. Das will Myers vermeiden, und deshalb bittet er uns um Hilfe."

„Warum gerade uns?"

„Weil wir bei allen Menschen gleich welcher Nationalität eine hohe Reputation besitzen. Weil wir quasi den Grundstein für Lantika gelegt haben. Weil wir - und besonders du - unverdächtig sind, auf irgendjemandes Seite zu stehen. Er erwartet nicht, dass wir ihm Informationen besorgen. Er hofft, dass wir die Geheimnisse für alle ans Licht bringen, und zwar so, dass keine Partei mit dem Finger auf die andere zeigen kann."

Walter lehnte sich zurück. Er hatte seinen Part erledigt und konnte nur noch auf Annes Entscheidung warten. Seine Argumente waren logisch, und das war der Punkt, mit dem man Anne fassen konnte. Das wusste auch Myers.

Walter sah jetzt auch zu Annes Kindern, die anscheinend vorhatten, sich zu ihren Eltern zu gesellen.

„Du sollst es nicht für Myers tun, und erst recht nicht für die NSA", sagte Walter. „Tu es für die Menschen, die keine Konflikte mehr wollen - und für die Zukunft deiner Kinder. Damit die Welt etwas besser ist, in die sie hineinwachsen."

„Ich werde drüber schlafen."

28

Aroon Bakshi saß vor dem Brüter und konnte die Augen nicht von dem Wesen abwenden, das darin entstand. Die Injektion der künstlichen DNA in eine ihrer eigenen DNA entledigten Zelle hatte reibungslos funktioniert. Ebenso die Übergabe an den Brüter. Der Rest lief nach einem automatisierten Programm ab, vorausgesetzt, die nötigen Rohstoffe waren vorhanden. Dafür hatte Arman gesorgt.

Jetzt lief die Anlage, was Bakshi an den leichten Vibrationen spüren konnte. Vor allem konnte er es sehen. In der Nährlösung schwamm ein Körper, der jetzt schon etwa fünfundsiebzig Zentimeter groß war. Dabei waren erst vier Tage vergangen, für Bakshi war das ein kleines Wunder. Über die transparente Wandung wanderte beständig ein blaues Licht von einem Ende zum anderen. Das war die sichtbare Komponente des elektrischen Feldes, das den Inhalt bestrahlte und zusätzlich für die leichten Vibrationen sorgte. Beides unterstützte die Zellen bei ihrem Wachstum. Bakshi hätte nie gedacht, dass sich Zellen so schnell vermehren konnten.

Das Wesen im Brüter sah tatsächlich menschlich aus. Die Proportionen stimmten annähernd mit denen eines Kindes überein. Es war eindeutig eine werdende Frau, wobei Professor Hawker diese Bezeichnung nicht gefiel. Eine Frau war ein Mensch, aber das hier war eine Lantis. Kein Mensch. Deshalb wollte Hawker auch nicht, dass man ihr einen Namen gab. Er nannte sie bloß „Y", nach dem Zeichen auf dem Speicherkristall. Für Bakshi blieb sie eine Frau.

Professor Hawker kam zur üblichen Zeit, um sie auf den neuesten Stand zu bringen und um sich über die Fortschritte im geheimen Labor zu informieren. Bakshi hörte nur mit halbem Ohr zu. Was gab es Wichtigeres als die Erschaffung eines lebendigen Lantis? Er wollte bei diesem Werk keine Minute versäumen, selbst wenn er wegen der hohen Automatisierung kaum etwas tun konnte. Es war doch fast wie eine neue Schöpfung.

Endlich war Hawker fertig und Bakshi konnte wieder zu seinem Brüter zurück. Der Professor folgte ihm.

„Wie sieht es aus?"

„Hervorragend. Der Wachstumsprozess verläuft reibungslos und kommt zügig voran. Wir sind schon deutlich über das Neugeborenen-Stadium hinaus. Anscheinend ist der Brüter in der Lage, einen erwachsenen Menschen zu schaffen."

„Einen erwachsenen Lantis", korrigierte Hawker.

„Sind sie nicht auch Menschen?", fragte Bakshi. Er zeigte auf das Wesen, das sich gerade in der Nährlösung bewegte. Es wirkte fast, als würde es winken.

„Wie hoch ist die Übereinstimmung ihrer Gene mit unseren?"

„96,8 Prozent", sagte Bakshi, der diese Berechnung schon lange gemacht hatte.

„Ein Schimpanse stimmt zu 95 Prozent mit uns überein. Also sind sie näher an Schimpansen als an uns."

„So kann man das doch nicht sehen. Sie sind hochintelligent, ..."

„So sehe ich das aber. Das beruht auf simpler Mathematik." Der Professor sah Bakshi mit einem kalten Blick an. „Wir haben ganz andere Probleme als solche akademischen Diskussionen. Wenn Sie eben zugehört haben, wissen Sie, dass in den oberen, öffentlichen Labors enorme Fortschritte gemacht werden."

„Sie sind mit Container 3 fertig und wollen morgen mit dem vierten beginnen. Das ist doch hervorragend."

Der Professor machte eine ärgerliche Handbewegung. „Das ist überhaupt nicht hervorragend. Sie kommen viel zu schnell voran. Wenn ich die Suche nach der richtigen Energieversorgung nicht verzögert hätte, wären sie noch weiter. Sie haben schon begonnen, Pflanzen zu züchten. Und im vierten Container dürften aller Logik nach neben weiterer Technik einfache Tiere zu finden sein."

„Wo ist das Problem?", fragte Bakshi.

„Wo das Problem ist?" Der Professor sah Bakshi an und schüttelte dann den Kopf. „Sie verstehen wirklich nicht. Wenn sie mit Container 4 durch sind, wollen sie den fünften. Das Argument der gefährlichen Strahlung zieht dann nicht mehr. Ohne die Aufgaben aus Nummer fünf zu lösen, geht es nicht weiter. Wir müssen spätestens dann etwas präsentieren, wenn sie mit dem vierten Container fertig sind. Wenn wir das schaffen, wird die Überraschung so groß sein, dass kritische Fragen untergehen. Wenn wir das nicht schaffen, haben wir ein Problem. Wir werden keinen Ruhm haben, sondern Ärger. Und dafür habe ich das Ganze hier nicht aufgebaut."

Bakshi sagte nichts. Er konnte Hawker in gewisser Weise sogar verstehen. Anfangs hatte er selbst so gedacht. Aber da hatte er noch nicht gewusst, was sie in Container 5 finden würden. Er sah wieder zu dem Wesen in der Nährlösung. Irgendwie änderte das alles.

Hawker sah suchend über den Monitor der Steuerkonsole.

„Sie haben mir vor ein paar Tagen die Steuerung erklärt. Es gab da eine Anzeige für die Leistung des Brüters. Wo finde ich die?"

Bakshi rief das Menü auf. Es war eigentlich nur ein Balken mit Zahlen von null bis einhundertachtzig. Bis hundertzwanzig war er Gelb, bis hundertvierzig orange und dann wurde er rot. Im gelben Bereich war alles in Ordnung, darüber wurde es kritisch. Jetzt lief der Brüter bei einhundert.

Der Professor berührte den Balken und zog die Anzeige auf hundertvierzig. Das blaue Licht um den transparenten Behälter wurde heller, die Vibrationen verstärkten sich.

„Was machen Sie da?", fragte Bakshi erschrocken.

„Ich erhöhe die Leistung. Wir müssen schneller fertig werden."

„Das ist riskant. Wenn etwas schiefgeht, stehen wir mit leeren Händen da."

Der Professor winkte ab. „Das Gerät der Lantis hält das mit Sicherheit aus, und Y bestimmt auch. Wer so eine Skala macht, hat immer eine Sicherheitsreserve drin. Erst ab Rot wird es wirklich kritisch."

Das Wesen im Brüter bewegte sich schneller, irgendwie hektisch.

„Sehen Sie doch", sagte Bakshi.

„Das halte ich bei einem beschleunigten Prozess für eine natürliche Reaktion. Y wird sich dran gewöhnen, und in ein paar Tagen ist sowieso alles vorbei."

Hawker ging.

Bakshi stand neben dem Wesen und wusste nicht, was er tun sollte. Er hätte es am liebsten in den Arm genommen und getröstet.

Jetzt zuckte es, als hätte es einen Krampf.

Bakshi musste an seine Tochter denken. Einmal war er verheiratet gewesen, das war lange her. Für einen Mann seiner geringen Größe war es extrem schwierig, eine Frau zu finden. Er hatte Asha, seine Frau, geliebt, und dann kam Devi, eine Tochter und der Traum seines Lebens. Bis zu diesem Verkehrsunfall, den Bakshi jede Nacht neu durchlebte. Betrunkene Jugendliche waren zu schnell gefahren, hatten ihn abgedrängt und waren danach einfach abgehauen. Die ganze Beifahrerseite seines Wagens war zerfetzt.

Asha war sofort tot gewesen, Devi eine Viertelstunde später. Er hatte sie im Arm gehalten, sie hatte ihn aus großen Augen angesehen - und dann auch gezuckt. Ein letztes Mal.

Bei dieser Erinnerung bahnten sich Tränen ihren Weg. Das Wesen vor ihm verschwamm.

Bakshi wartete einen Moment, bis er wieder klar sehen konnte. Dann ging er zur Konsole und fuhr den Balken auf einhundertzwanzig. Das war immer noch mehr als bisher, aber doch im sicheren Bereich. Mochte Hawker das später in den Protokollen sehen, was spielte das am Ende für eine Rolle? Bakshi wollte nie wieder eine kleine Leiche in Armen halten, ob braun oder grün war doch unwichtig.

Das Wesen zuckte unruhig mit Armen und Beinen und krümmte sich zusammen.

29

Olaf und die Kinder schliefen noch, Anne nicht mehr. In der Nacht hatte sie das Gefühl gehabt, dass sich ein neuer Teil in ihrem Kopf öffnen würde, und das ließ ihr keine Ruhe.

Sie stand auf und ging auf die Terrasse. Es war ein lauer Sommermorgen, die Sonne war gerade aufgegangen, die Luft roch unverbraucht und frisch. Für einen Gang in den Wald reichte die Zeit nicht, mittags ging ihr Flieger nach Lantika. Aber inzwischen hatte sie so viel Übung, dass sie wahrscheinlich auf den Trigger-Impuls durch den Farn verzichten konnte. Anne glaubte nicht mehr daran, dass es sich bei ihren Erlebnissen um Träume handelte. Sie konnte sie fast nach Belieben steuern und bei Bedarf wiederholen, es war eher so wie bei Erinnerungen.

Anne schloss die Augen und blendete alle äußeren Reize aus. Sie stellte sich vor, sie würde in ihrem Kopf reisen, an die Stelle, die ihr in der Nacht in den Sinn gekommen war.

Die Szenerie war vollkommen anders als bei ihren anderen Gedankenreisen. Anne spürte etwas auf ihrer Haut, federleicht, aber es war trotzdem Kleidung. Und sie saß in einem Gefährt und fuhr.

Anne war elektrisiert.

Ich bin in einer Stadt. Wie interessant.

Bisher war sie immer nur im Wald gewesen. Sie musste sich konzentrieren, um weiter entspannt zu bleiben und den Faden nicht zu verlieren.

Das Gefährt musste ein Schweber sein. Es gab keinerlei Abrollgeräusche oder Erschütterungen, nur ein leises Brummen wie bei einer hohen elektrischen Spannung. Das Gefährt fuhr ohne Steuer, und sie saß allein darin.

Der Schweber wurde langsamer. Am Straßenrand ging ein Paar, beide so grün, wie Anne das schon kannte. Neben ihnen hüpfte ein kleiner Saurier, ein Caudipteryx. Die Lantis mochten also auch Haustiere, und Hunde gab es damals ja noch nicht. Der Caudipteryx war hübsch anzusehen. Sein Gefieder war bunt und er war verspielt. Gerade verschwand er in einem Gebüsch. Nach einem Pfiff des grünen Mannes kam er kreischend wieder heraus.

Der Schweber hielt an, die Seitenwand öffnete sich und eine Stimme sagte „Farn-Arrangeat 12".

Anne stieg aus und sah dem davongleitenden Wagen hinterher. Ich sollte auch mal wieder den Indi-Schweber nehmen, damit ich das Fahren nicht verlerne. Aber der Auto-Schweber war so bequem. Man musste nur in den nächsten Schweber steigen und das Ziel nennen. Die Software erkannte dadurch gleichzeitig den Sprecher und belastete dessen Konto mit dem Betrag. Eigentlich musste man nichts tun, außer dasitzen und die Fahrt genießen.

„Farn-Arrangeat" war eine gute Wohngegend und die „12" stand immer für das beste Haus im Viertel. Anne sah nach oben. Das Haus war einem riesigen Baumfarn nachempfunden. Die Wand bestand aus einem Material, das wie Rinde wirkte. In zahllosen Nischen wuchsen Pflanzen, rankten an den Wänden entlang oder hingen einfach herunter, sodass das Haus fast wie ein Baum aussah.

Der Aufzug trug sie in den obersten Stock.

„Yra kommt nach Hause", sagte die Frau in ein Mikrofon an einer Tür.

Yra?, dachte Anne. So heißt du wohl. Ich komme dir näher.

Anne wunderte sich nur am Rande, dass sie die Sprache verstand. Es fühlte sich so selbstverständlich an, als wäre sie damit aufgewachsen.

Die Tür öffnete sich und gab den Blick frei in eine lichtdurchflutete Wohnung. Sie schien die ganze obere Etage einzunehmen. Die Besitzerin war nicht arm.

Als erstes streifte Yra das Kleid ab. Sie schien wenig von Kleidung zu halten, oder die Lantis hatten insgesamt eine andere Einstellung dazu. In ihrer Zeit war das Klima viel wärmer gewesen als heute, eher tropisch.

Yra nahm eine gelbe Frucht aus einer Schale und biss hinein. Es war ihre erste Mahlzeit am Tag, dabei war der Abend nahe. Trotzdem hatte sie keinen Hunger. Es war der Geschmack, den sie wollte, und der war unvergleichlich, einer Orange nicht unähnlich, bloß intensiver. Eine fruchtige Süße füllte zuerst den Mund aus und schien dann auf den ganzen Körper überzugehen.

Kauend ging Yra auf die ausgedehnte Dachterrasse. Sie hob die Arme und drehte sich, damit die Sonne sie von allen Seiten bescheinen konnte. Sie fühlte, wie Energie in die Zellen ihres Körpers strömte. Es war einfach gut.

Der Blick von der Dachterrasse war überwältigend. Zur einen Seite wuchsen überall Häuser in der Art von Baumfarnen. In der Mitte war ein großes Gebäude wie ein Vulkan, der Sitz des Hohen Rats. Ein Langstreckenschweber entfernte sich geräuschlos. Zur anderen Seite breiteten sich bewaldete Hügel aus. In der Ferne konnte sie eine Herde Brachiosaurier erkennen. Sie zogen weiter. Wahrscheinlich war auch der dabei, mit dem sie gespielt hatte.

Yras Zellen waren aufgeladen. Sie fühlte sich tatendurstig und ging wieder in die Wohnung. Sie ging in eine Nische, deren Wände vollkommen verspiegelt waren, und begutachtete sich.

Sie sah gut aus, fand Yra - und Anne stimmte ihr in Gedanken zu. Yras Augen strahlten grün wie Smaragde, viel mehr, als Anne das im Wasser des Sees wahrgenommen hatte. Yras Haut war so grün wie ein frisch gemähter Rasen und trug einen Glanz, als ob sie gerade in der Sauna angenehm geschwitzt hätte. Dabei war sie trocken und samtig.

Yra begutachtete eine Stelle über ihrer linken Hüfte genauer. Da gab es einen schokoladenbraunen Fleck, etwa so groß wie ein Handteller. Aus irgendeinem unerfindlichen Grund verweigerte ihr Körper dort das Chlorophyll. Selbst mehrere Nachbehandlungen hatten zu keinem Erfolg geführt. Sie musste damit leben, eine Erinnerung an die eigentliche Farbe ihrer Haut vor der Genbehandlung.

„Wasser", sagte Yra.

In der gleichen Sekunde fing es an zu regnen. Jedenfalls fühlte es sich so an. In der Decke verborgene Düsen verteilten das Wasser gleichmäßig. Ein sanfter Regen prasselte auf sie herab. Es begann, exotisch zu duften, mit einem Hauch von Minze. Das Reinigungsmittel prickelte auf der Haut, unterstützt durch den Infraschall aus den vibrierenden Wänden. Dann kam wieder nur Wasser, dieses Mal stärker. Das Wasser hörte auf und aus der Decke und den Wänden wehte ein Lufthauch. Yra hob wieder die Arme und genoss die warme, trocknende Brise.

In der Wohnung war ein Geräusch. Das konnte nur Korgh sein, er besaß als Einziger außer ihr Zutrittsrecht. Ihre Pulsfrequenz erhöhte sich leicht.

Yra verließ die Hygiene-Nische und ging ins Wohnzimmer. So leise, dass selbst Korgh sie nicht bemerkte. Da lag er auf der Couch, auch schon nackt. Sein Körper strahlte Kraft aus. Korgh hatte ihn nach allen Regeln der Kunst optimiert, kein Gramm Fett, überall wohlausgebildete Muskeln. Seine Augen zeugten von dem unbedingten Willen nach Macht. Seine Männlichkeit war beeindruckend, die Erregung deutlich sichtbar. Jetzt bemerkte er Yra. Zur Macht gesellte sich Gier.

„Komm her", sagte er bestimmt. „Heute Abend ist eine Sitzung des Hohen Rats, und vorher habe ich noch einen Termin."

„Der Hohe Rat wartet nicht auf dich?", sagte Yra lässig. Sie wusste, wie sehr es Korgh ärgerte, dass er dort kein Mitglied war. Er hatte viel unternommen, um in den Rat gewählt zu werden, hatte aber nie Erfolg gehabt, der erfolgsverwöhnte Korgh.

Sie sah, wie sich seine Muskeln spannten. Neben die Gier in seinen Augen trat Wildheit.

„Ich habe nicht viel Zeit", sagte er mühsam beherrscht.

Andere hätten sich jetzt beeilt, hätten Angst gehabt, wenn sie Korghs Blick gesehen hätten. Ein gereizter Velociraptor. Yra freute sich auf ein berauschendes Erlebnis.

Sie ging betont langsam auf ihn zu. „Du wirst so viel Zeit für mich haben, wie ich brauche."

Jetzt streckte sie die Hand aus, um ihn zu berühren ...

Autsch!

Der Film war gerissen, die Sequenz zu Ende. Anne hatte nicht aufgepasst, um rechtzeitig den „Sprung in der Platte" zu überbrücken. Sie war zu sehr selbst gefangen gewesen von der Szene. Die Folgen ihrer Unaufmerksamkeit waren heftige Blitze in ihrem Kopf. Sie musste erst wieder in der heutigen Realität ankommen. Irgendwie spürte sie Enttäuschung.

Aus dem Schlafzimmer tönte die Melodie von Olafs Wecker. Es war zu spät, um die Szene zu wiederholen.

Anne horchte in sich hinein. Sie war selbst erregt, so real war alles gewesen. Puh. Auf ihrer Haut zeichnete sich ein leichter Schweißfilm ab.

Sie schloss ein letztes Mal die Augen.

Yra, wer bist du? Und vor allem: Wie kommst du in meinen Kopf?

30

Walter Bullrider wartete in der Empfangshalle auf Anne. Er trug ein kurzärmeliges blaues Hemd und eine leichte Stoffhose.

„Schön, dass du dich entschlossen hast mitzumachen", sagte er.

„Ich kann dich doch nicht in so einer Sache alleine lassen. Aber ob es am Ende schön wird, müssen wir erst mal abwarten. Falls wir Erfolg haben sollten, wird Myers den nicht umsonst bekommen. Er wird einen Preis zahlen müssen."

Walter fasste Anne am Arm, so dass sie stehen blieb.

„Was ist?", fragte sie.

„Du hast dich sehr verändert."

„Man verändert sich ständig."

„Du bist so unbeugsam, so tough, unerschrocken."

Anne lachte. „Als wir uns kennengelernt haben, war ich bis kurz vorher noch Studentin gewesen. Seitdem habe ich mit Geheimdiensten zu tun gehabt, zwei lebensgefährliche Einsätze hinter mir, mehrmals dem Tod in die Augen gesehen, die eine oder andere Katastrophe verhindert - das ist ja schon was. Das geht kaum spurlos an einem vorbei."

„Klar. Aber ich meine, es wäre in der letzten Zeit mehr geworden."

Anne knuffte Walter in die Seite. „Ich erkenne mich jedenfalls morgens im Spiegel wieder - und fressen werde ich dich auch nicht. Was wissen wir über die Sache hier?"

Sie gingen wieder weiter.

„Im Laborkomplex C1 ist die Baugrube tiefer gewesen als geplant. Bei fünfzehn Baugruben, die gleichzeitig ausgehoben wurden, ist das nicht weiter aufgefallen. Die Rohbauphase ging dann so schnell, dass es kaum Aufnahmen davon gibt. Es scheint aber so, dass sie das obere Labor identisch im Keller kopiert haben."

"Raffiniert. So brauchten sie keinen gesonderten Plan, was eventuell aufgefallen wäre. Die Angelegenheit ist also länger geplant gewesen. Die Geräte?"

"Sind nicht einfach nachzuverfolgen, weil so viel bestellt und anschließend auf einem großen Komplex verteilt worden ist. Aber wenn man sorgfältig nachzählt, fehlt eine komplette Laborausstattung."

"Das heißt, sie haben tatsächlich ein vollständiges, geheimes Labor aufgebaut. Dann haben sie eine Handvoll Wissenschaftler da unten reingeschleust und versorgen sie, ohne dass jemand etwas bemerkt. Das ist professionell organisiert. Und jetzt forschen sie in Ruhe an Container 5 - und niemand weiß, was sie dabei entdecken oder anrichten."

Walter hielt Anne die Tür zum Ausgang auf. Eine Welle heißer Luft schwappte ihnen entgegen.

"Dann werden wir uns dieses geheime Labor mal ansehen", sagte Anne. Sie sah auf die Uhr. "Um vier haben wir einen Termin mit Professor Hawker. Bis dahin können wir uns einen Überblick verschaffen, was sich in Lantika sonst noch getan hat."

Ein hässlicher Warnton erklang. Aroon Bakshi schreckte auf. Er war tatsächlich eingeschlafen, direkt an der Steuerkonsole des Brüters. Bevor er sich orientieren konnte, stand schon das ganze Team um ihn herum. Sogar Professor Hawker war da, der gerade erst das Labor zum täglichen Update betreten hatte.

"Was ist los?", fragte Hawker.

Bakshi rief das Menü auf. "Der Brutprozess ist abgeschlossen, aber irgendetwas stimmt nicht. Der Puls ist zu hoch, einige Leberwerte sind sehr schlecht. Die Lantis scheint Schmerzen zu haben."

„Aber Y lebt", stellte Hawker fest. Das war zunächst eine gute Nachricht. „Wir sollten sie aus dem Brüter holen. Hier scheint nichts mehr zu passieren."

Tatsächlich war das blaue Licht erloschen, das die wachstumsfördernde Strahlung begleitet hatte. Vibrationen gab es auch keine mehr. Die ganze Anlage schwieg.

Bakshi ließ die Nährflüssigkeit absaugen. Dann konnten sie das Kopfende der Röhre öffnen, und Bakshi entfernte vorsichtig den Schlauch, der bis in die Lunge reichte. Die Lantis hustete einen letzten Schwall Flüssigkeit heraus. Sie verkrampfte sich. Die Schmerzwerte stiegen steil an, beruhigten sich aber wieder.

Gemeinsam zogen sie den Körper heraus, trockneten ihn ab und legten in ein bereitstehendes Krankenbett. Hawker hatte ursprünglich nur einen Behandlungstisch haben wollen, aber Bakshi hatte so energisch protestiert, dass der Professor schließlich nachgegeben hatte.

Im Bett wirkte die Lantis auf Bakshi noch viel mehr wie ein Mensch. Die grüne Farbe fiel ihm schon gar nicht mehr auf, so viele Stunden hatte er sie in den letzten Tagen angeschaut.

Bakshi rollte das Bett in die kleine Krankenstation. Das Team folgte ihm. Es gab nichts, was im Moment wichtiger war. Sogar Arman stand dabei.

Die Lantis rührte sich nicht. Puls und Atmung waren kaum wahrnehmbar. Ihre Augen waren geschlossen, die Haut wirkte nur noch blassgrün.

„Wir brauchen einen Arzt", sagte Bakshi. „Schnell."

„Unsinn", widersprach Hawker. „Was soll ein Arzt hier machen? Wir kennen gerade mal die Standardwerte für Blut und Puls. Das ist alles. Bei allen anderen Werten haben wir keine Ahnung, was eine Abweichung ist und wie schwer sie wiegt. Erst recht wissen wir nicht, wie dieser Körper auf Medikamente anspricht. Was für uns ein harmloses Schmerzmittel ist, bedeutet für Y vielleicht den Tod."

„Und warum ist das so?", fragte Bakshi erregt.

Er trat vor den Professor und sah ihm von unten in die Augen. „Weil Sie unbedingt anfangen wollten, bevor wir genug wussten. Sie konnten nicht warten, bis wir die medizinischen Unterlagen über die Lantis gefunden und ausgewertet haben. Jetzt stehen wir hier und wissen nichts. Jetzt können wir nur zusehen, wie sie vielleicht stirbt."

„Y sollte nicht sterben", sagte Hawker kalt. „Und Sie werden dafür sorgen, dass das nicht passiert. Deshalb sind Sie in meinem Team. Wozu sind Sie Humanbiologe, Dr. Bakshi? Das hier ist Ihr Fachgebiet, oder ist Ihr ganzes Können nur eine Show? Jetzt hören Sie auf zu diskutieren und tun etwas. Sonst stirbt Y wirklich."

Bakshi starrte Hawker wütend an.

„Raus hier!", sagte er barsch. „Alle."

Lantika schien sich schneller auszubreiten als umgeschütteter Rotwein auf dem Esstisch. Neue Wohngebiete waren entstanden, Hotelkomplexe noch im Entstehen. Straßen führten in die Wüste und endeten im Nichts, aber man brauchte wenig Phantasie, um sich vorzustellen, dass rechts und links davon bald Baugruben ausgehoben wurden. Planierraupen arbeiteten an der Verlängerung der Landebahn für größere Maschinen. Scheich Al-Qummi hatte tatsächlich viel vor. Am interessantesten fand Anne die Gewächshäuser, die neben den Forschungseinrichtungen aufgebaut wurden.

Anne und Walter waren Punkt vier Uhr am Empfang von Laborblock A1 im Forschungskomplex. Professor Hawker kam mit fünf Minuten Verspätung. Er sah gehetzt aus.

„Herzlich willkommen in Lantika", sagte er fahrig.

„Wir wollten uns vor Ort ein Bild von den neuesten Entwicklungen machen", sagte Anne.

„Da ist nicht mehr zu sehen als im Internet."

„Aber es ergibt einen anderen Eindruck. Wir möchten der Welt etwas zu erzählen haben, wenn wir zurückkehren."

„Ich habe nicht viel Zeit für Repräsentationstermine." Hawker fuhr sich durch seine Haare. Er hatte offensichtlich keine Lust, seine Gäste herumzuführen, wusste aber auch, dass Anne und Walter einen Sonderstatus in der Öffentlichkeit besaßen, mit der er es sich nicht verscherzen wollte.

„Es gibt einige Probleme, um die ich mich kümmern muss", versuchte er ein letztes Ausweichen.

„Dann kommen wir mit und sehen Ihnen dabei zu."

Walter lächelte Anne zu. Er war sichtlich einverstanden mit ihrem Vorgehen.

„Die sind langweilig."

„Gut. Dann zeigen Sie uns einfach das Interessanteste, das Sie zu bieten haben."

Walter verstand die Doppeldeutigkeit in Annes Aussage und zwinkerte ihr unbemerkt zu.

Widerwillig setzte sich der Professor in Marsch. Es ging durch unzählige Labors, in denen überall hektische Aktivität herrschte. Anne hätte gerne mehr Zeit gehabt, denn live waren die Forschungen wesentlich spannender als über Internet. Aber deshalb waren sie nicht hier, und Professor Hawker blieb nirgends stehen. Er arbeitete sein Besuchsprogramm ab, so schnell es ging.

Anne spürte seine Unruhe und seinen Ärger, die mit jeder verstrichenen Minute wuchsen. So sollte es sein. Aber noch war es zu früh. Seine innere Anspannung musste so groß sein, dass seine Emotionen stärker waren als sein Verstand. Dann würde sein Widerstand nicht mehr sein als ein Strohfeuer.

Hawker sah zwischenzeitlich wieder auf sein Handy. Die Probleme im unteren Labor beschäftigten ihn anscheinend sehr. Das kam ihren Plänen zugute.

„Jetzt kommen wir zu unseren neuesten Entwicklungen", sagte er und öffnete eine Tür aus einem Labor, die geradewegs in eins der Gewächshäuser führte, die Anne vorher schon aus der Ferne gesehen hatte.

Überall standen kleine Töpfe aufgereiht, alle sorgfältig beschriftet.

„Die Lantis haben uns Geninformationen und Anleitungen von Pflanzen aus ihrer Zeit überlassen, die wir jetzt nachzüchten wollen."

„Dafür baut Scheich Al-Qummi die große Pipeline und die Entsalzungsanlagen, nehme ich an." Walter sah sich aufmerksam um.

Anne ging zu einer Wissenschaftlerin, die sich mit Pflanzen beschäftigte, bei denen man schon das erste Grün erkennen konnte. Die Beschriftung wies sie als Baumfarne aus.

„Das werden beeindruckende Bäume", sagte sie zu der Frau. Aishe Yildim stand auf dem Namensschild.

„Ja, das habe ich auch gelesen."

Anne lächelte. Sie wusste, wie sich erwachsene Baumfarne anfühlten und wie aufregend es war, auf sie zu klettern. Aber das musste sie jetzt nicht verraten.

„Pflegen Sie sie gut. Es lohnt sich."

Professor Hawker wartete darauf, dass sie fertig waren. Seine Lippen waren zu dünnen Strichen geworden.

„Jetzt hätten wir gerne noch C1 gesehen", sagte Anne. „Da wird doch an Container 4 gearbeitet."

„Da gibt es kaum etwas zu sehen. Wir sind erst bei der Inventur."

Anne lächelte. „Das macht nichts."

Widerwillig machte er sich auf den Weg. „Ich kann nur noch zehn Minuten entbehren. Danach wird Ihnen meine Assistentin weiterhelfen."

Die Inventur lag schon lange hinter den Wissenschaftlern, wie Anne auf den ersten Blick bemerkte. Männer und Frauen arbeiteten an Lantis-Maschinen, die tatsächlich funktionierten. Es war faszinierend, und Anne bedauerte wieder, so wenig Zeit zu haben. Im Anschluss an ihren Auftrag würde sie wohl doch einige Wochen vor Ort in den Labors verbringen.

In der Tasche von Professor Hawker piepste es. Er sah auf sein Handy. Es war offenbar keine gute Nachricht.

„So, jetzt muss ich aber los", sagte er und wollte sich wegdrehen.

„Moment, Professor", sagte Anne. „Sie haben uns noch nicht das Interessanteste gezeigt."

„Das habe ich", sagte er irritiert. „Sie haben alles gesehen."

„Wie ist es mit dem Keller?"

„Keller? Da sind nur die Maschinen zur Versorgung der Labors."

„Dann zeigen Sie sie uns."

Professor Hawker schnappte einen Moment nach Luft.

„Das meinen Sie jetzt nicht ernst? Ich habe Besseres zu tun, als Ihnen …"

„Wir sind Ehrenbürger von Lantika und zu jeder Zeit an jedem Ort hier willkommen. So haben Sie es selbst gesagt."

Die Halsschlagader des Professors schwoll sichtbar an und pumpte Blut in seinen Kopf. Seine Gesichtsfarbe wurde dunkelrot.

„Ich habe keine Zeit, mich von Ihnen auf den Arm nehmen zu lassen! Das sind nur schöne Worte einer Zeremonie. Wenn Sie jetzt nicht …"

„Still", sagte Anne ruhig, aber mit solch einer Autorität, dass der Professor mitten im Satz innehielt.

„Wir wollen nicht in die Maschinenräume im Keller, sondern in das unterirdische Labor darunter."

Die Gesichtsfarbe des Professors wandelte sich beängstigend schnell in die Farbe von Gips. Bevor er Gelegenheit zu Ausflüchten oder Argumenten hatte, machte Anne schon weiter.

„Wir wissen, dass Sie unter unseren Füßen ein vollausgestattetes Labor betreiben. Wir wissen, dass Sie dort mit einem Team an Container 5 arbeiten, der beileibe nicht verstrahlt ist, sondern nur von Ihnen versteckt wird."

Anne deutete auf die Tasche, in der sich Hawkers Handy befand.

„Allem Anschein nach gibt es in diesem Labor gerade ernsthafte Probleme."

Hawker sah überflüssigerweise zur Tasche mit seinem Handy. „Woher wissen Sie ...?"

„Unwichtig. Wir sollten keine Zeit mehr mit Ausflüchten verschwenden. Sie sehen, dass wir gut informiert sind. Wir gehen jetzt gemeinsam nachsehen."

Anne zeigte auf den Aufzug. „Da geht's lang."

31

Im Eingangsbereich zum Labor kam ihnen Aroon Bakshi entgegengelaufen.

„Wie gut, dass Sie kommen, Professor …"

Als er Anne und Walter sah, blieb er stehen, als sei er gegen eine Wand gelaufen.

„Was wollen Sie denn hier?"

Er hatte kaum zu Ende gesprochen, da war Arman auch schon da. Er schubste Bakshi einfach zur Seite, was bei seiner Größe keine Schwierigkeit bedeutete.

Eine halbe Sekunde später hatte Arman eine Pistole in der Hand. Für seinen geübten Blick war offensichtlich, dass Professor Hawker seine Begleiter nicht ganz freiwillig mitgebracht hatte.

„Keine Bewegung! Ich will Ihre Hände sehen."

Anne und Walter hoben ihre Hände.

Hawker stand reglos daneben und sagte kein Wort. Er war zu sehr Wissenschaftler und wohl selbst von der Situation überrascht.

„Lassen Sie den Unsinn", sagte Walter ruhig. Er hatte sich schon häufig einer Waffe gegenübergesehen, auch wenn das einige Jahre her war. „Sie sollten uns kennen. Außerdem sind wir unbewaffnet."

Natürlich kannte Arman Anne und Walter. Jeder in Lantika kannte sie. Das hielt ihn aber nicht davon ab, die Pistole weiter auf sie zu richten.

„Wie kommen Sie hierher?"

„Handyortung", sagte Walter nur und sah zu Hawkers Tasche.

„Sie haben Ihr Handy dabei?", sagte Arman zum Professor. „Womöglich auch schon früher?" Seine Stimme wurde sehr ärgerlich. „Das hatte ich eindeutig untersagt."

„Es ist abhörsicher. Sie haben es mir selbst gegeben."

„Abhörsicher heißt nicht ortungssicher, Sie ..." Arman verschluckte das offensichtliche Schimpfwort.

„Auch abhörsichere Handys kann man orten", erklärte Walter ruhig. „Sonst könnte man damit gar nicht telefonieren. Die Sendemasten müssen schließlich wissen, wo Ihr Handy ist."

„Aber die Störstrahlung hier unten?", fragte Hawker.

„Hat nichts genützt. Es ist aufgefallen, dass Ihr Handy immer an der gleichen Stelle ausfällt. Das hat neugierig gemacht."

„Wen hat das neugierig gemacht?", fragte Arman scharf.

„Jetzt nehmen Sie endlich die Waffe runter. Sie sind Muhammad Arman, nicht wahr?"

Arman hob die Augenbrauen. „Woher wissen Sie das?"

„Das ist nicht alles, was wir wissen, und wir sind nicht die Einzigen. General Myers lässt Sie grüßen."

Jetzt wirkte Arman tatsächlich überrascht. General Myers war vor Jahren sein höchster Vorgesetzter gewesen. Er ließ die Pistole sinken.

„Woher weiß Myers, dass ich hier bin?"

„Das sollten Sie sich selbst zusammenreimen können", sagte Walter. „Sie waren lange genug bei der NSA, um deren Möglichkeiten und Arbeitsweisen zu kennen. Nachdem klar war, dass hier ein geheimes Labor existiert, hat man sich auf die Suche nach der Person gemacht, die es eingerichtet und gesichert hat. Sie sind der Sicherheits-Chef von Scheich Al-Qummi, der hier neben Professor Hawker alle Fäden zieht. Der Rest ist kleines Agenten-Einmaleins." Walter zeigte die offenen Handflächen. „Wenn Sie uns also immer noch umbringen wollen, stehen heute noch Ihre ehemaligen Kollegen hier - und morgen die Chinesen. Was ist Ihnen lieber?"

„Die Chinesen?", fragte Hawker. „Haben die mein Handy auch geortet?"

Er schien seine Lantika-Welt nicht mehr verstehen zu können.

Walter schüttelte den Kopf. „Wie einfallslos. Die Chinesen haben sich erlaubt, kleine RFID-Chips in Ihre Kleidung einzuarbeiten. Sie geben Ihre teuren Anzüge doch immer zum exklusiven Reinigungs-Service am Flughafen. Li Peng-Reinigung, stimmt's?"

Der Professor nickte. Er schien sich plötzlich in seinem Anzug nicht mehr wohlzufühlen.

Bakshi drängte sich zwischen die Parteien. „Hören Sie endlich auf zu diskutieren. Sonst stirbt uns die Lantis."

„Die Lantis?", sagten Anne und Walter gleichzeitig.

„Sie haben eine Lantis erschaffen?", fragte Walter.

Anne war schon einen Schritt weiter. „Schnell! Los! Wo ist sie?"

Bakshi rannte los, Anne und die anderen hinterher.

In dem kleinen Krankenzimmer stand nur ein Bett - und darin lag eindeutig ein fremdes Wesen. Anne sah nicht mehr als einen kahlen Kopf auf dem Kissen, rundum beklebt mit Elektroden, aber es war eindeutig kein Mensch. Es war ein überwältigender Moment, zum ersten Mal jemanden zu sehen, den es seit über fünfundsechzig Millionen Jahren nicht mehr geben sollte. Gleichzeitig war Anne erschrocken. Das eigentlich grüne Gesicht hatte die Farbe eines welken Blattes. Die Augen blickten stumpf zur Decke. In beiden Nasenlöchern steckten Schläuche, ein Tropf hing an einem Ständer an der Seite, der Schlauch daran verschwand unter der Bettdecke.

„Was ist mit ihr? Was haben Sie mit ihr gemacht?", fragte Anne.

„Das ist ja das Problem", sagte Bakshi. „Ich kann nicht viel machen. Wir haben so gut wie keine Informationen über den Körper der Lantis. Wir wissen nicht, was sie brauchen, was normal ist, und wie sie auf Medikamente reagieren."

Er sah ziemlich unglücklich aus.

„Was ich tun konnte, habe ich getan. Sauerstoff zur Unterstützung der Atmung, und Wasser, damit sie nicht verdurstet, versetzt mit Zucker. Mehr habe ich nicht gewagt, weil ich nicht weiß, was sie verträgt. Was für uns normal ist, könnte für sie tödlich sein."

Anne sah auf die herumstehenden Geräte und die Anzeigen.

„Details. Schnell! Was ist geschehen?"

„Der Brutprozess ging ziemlich rasch. Als sie diese Größe erreicht hat, hat er abgeschaltet. Wir haben die Lantis ins Bett gelegt - und dann ging eigentlich alles bergab. Sie hatte unkontrollierte Zuckungen, die Atmung wird schwächer, der Puls auch. Organische Schäden kann ich keine feststellen, aber das will nicht viel sagen. Insgesamt scheint der Körper einfach abzusterben."

„Was noch?", fragte Anne, die merkte, dass Bakshi etwas verschwieg.

Er zeigte auf ein Gerät, das nichts anzeigte. „Es ist so, als hätte sie kein Gehirn. Es ist organisch vorhanden, aber das ist auch alles. Es ist wie tot."

Bakshi schien den Tränen nahe.

Hinter Anne stieß Hawker einen erschrockenen Laut aus. Das mit dem Gehirn hatte er anscheinend auch noch nicht gewusst.

Anne ging zu dem Bett und zog das Laken ein Stück herunter. Zum Vorschein kam ein magerer Oberkörper, der genauso welk aussah wie das Gesicht. Man musste kein Experte sein, um den Zustand dieses Wesens zu deuten.

Anne nahm eine Hand. Sie hing schlaff herab, ohne jegliche Kraft. Einen Puls spürte sie nicht mehr. Den zeigte nur noch das Gerät an.

„Sie braucht Licht", sagte Anne. „Holen Sie alle Lampen her, die Sie finden können."

Bakshi sah Anne irritiert an. Dann verstand er. „Chlorophyll. Natürlich. Wenn sie sich über Chlorophyll ernährt, braucht sie Licht."

Bakshi stürzte aus dem Krankenzimmer auf der Suche nach Lampen. Arman und das Team folgte ihm. Bald kamen sie mit drei Stehlampen wieder und schlossen sie an.

Anne zog das Laken vollständig herunter. Jetzt lag der Körper frei vor ihnen. Ein schwaches Zittern war die einzige Regung.

Dann stutzte Anne. An der Hüfte war ein Fleck. Ohne Grün. So groß wie ein Handteller.

Das kann nicht sein. Das ist unmöglich.

Anne sah den Fleck genauer an. Hier fehlte das Chlorophyll. Kein Zweifel.

„Yra?", sagte Anne.

Sie stürzte zum Kopf und nahm ihn in beide Hände, sah ihn minutenlang an. Das konnte es doch nicht geben! Aber sie kannte dieses Gesicht. Heute Morgen noch hatte sie es vor sich gesehen! Sie konnte sich an jede Kleinigkeit erinnern.

„Yra?", sagte Anne laut. „Yra!"

„Du kennst sie?", fragte Walter hinter ihr. „Wie ist das möglich?"

„Später", sagte Anne. Sie sah Yras Augen. Tot und leer. Vor Stunden hatte sie diese Augen in ihren Gedanken gesehen, als Erinnerung. Strahlend, voller Energie. Und jetzt das hier.

Was hatte Bakshi gesagt? Als ob sie kein Gehirn habe?

In Annes Kopf taten sich Türen auf. Fremde Erinnerungen, für die sie noch keine Zeit gehabt hatte, sie zu erforschen.

Sie sah sich um.

„Wo ist der Lebenskristall?"

Niemand reagierte.

„Wo ist der Lebenskristall?", fragte sie sehr energisch.

Bakshi zuckte hilflos die Schultern.

„Wir wissen nicht, was Sie meinen. Was ist ein Lebenskristall?"

„Eine Kristallkugel, so groß wie eine Orange. Wo ist er?"

Bakshi sah Hawker an. Der zögerte.

Anne stand mit einem Satz vor dem Professor.

„Sie haben ihn. Das sehe ich Ihnen an. Wenn Sie den Lebenskristall nicht augenblicklich herausrücken, werde ich dafür sorgen, dass Sie den Rest Ihres Lebens hinter Gittern verbringen. Ist das klar?"

Hawker stand immer noch da. Er schien nichts mehr zu begreifen.

Anne gab ihm einen kräftigen Stoß in Richtung Tür.

„Beeilen Sie sich. Wir haben keine Zeit mehr."

Endlich ging Hawker los, in den Sicherheitsraum.

„Er liegt da im Tresor."

„Öffnen. Worauf warten Sie noch?"

Hawker zog den Schlüssel und öffnete die Tür. Da lag die sanft schimmernde Kugel auf ihrem Kissen. Sie sah überwältigend schön aus.

Anne schob den Professor zur Seite.

„Sie dürfen die Kugel nicht anfass..."

Bakshi hörte mitten im Satz auf. Hawker hatte ihn äußerst brutal am Arm gefasst.

Anne nahm die Kugel und lief los.

Hawker blieb mit offenem Mund zurück. Er kam erst im Krankenzimmer an, als Anne die Kugel schon auf der Lantis platziert hatte. Sie lag auf der Spalte zwischen ihren Oberschenkeln, sodass sie nicht wegrollen konnte. Gerade legte sie Yras Hände so darum herum, als ob Yra die Kugel festhalten würde. Die Hände rutschten kraftlos ab.

Anne setzte sich auf die Bettkante und legte ihre Hände über Yras, um sie ihrerseits festzuhalten. Jetzt sah man von der Kugel fast nichts mehr.

„Warum ist sie nicht umgefallen?", fragte Hawker leise Bakshi. „Warum hat sie keinen Kurzschluss im Kopf gekriegt? Ich versteh das nicht."

„Was ist los?", fragte Walter, der die Frage verstanden hatte, auch wenn sie geflüstert war. „Warum hätte Frau Winkler einen Kurzschluss im Kopf bekommen sollen?"

Hawker schwieg.

„Das klären wir später", sagte Walter. „Mr. Arman, bringen Sie Professor Hawker hier raus. Sie bürgen mir dafür, dass er keinen weiteren Unsinn macht."

Arman zögerte erst, dann sagte er „okay". Der Professor war zwar eigentlich sein Chef, aber er spürte, dass sich die Verhältnisse im Moment geändert hatten.

Anne hielt ihre Hände weiter auf Yras. Dabei beugte sie sich so weit vor, dass ihre Gesichter sich fast berührten.

„Yra", sagte sie leise.

Dann drehte sie sich zu Walter und Bakshi, die beide noch im Zimmer waren.

„Bitte lasst uns allein."

32

Etwa eine Stunde später klopfte es an der Tür und Aroon Bakshi steckte seinen Kopf durch den geöffneten Spalt. Mit ihm kamen Geräusche erregter Diskussionen ins Krankenzimmer.

„Ist alles in Ordnung?", fragte Bakshi.

„Kommen Sie herein und schließen Sie die Tür", sagte Anne. „Yra braucht Ruhe. Sie könnten mir einen Hocker geben." Anne wollte Yras Hände keine Sekunde loslassen.

Bakshi schloss die Tür und schob Anne einen Hocker unter. Er warf einen Blick auf die Anzeigen.

„Ihre Gehirnaktivität hat begonnen. Unglaublich. Wie machen Sie das?"

„Der Brüter kann nur den Körper wachsen lassen, inklusive der Basisfunktionen wie Herzschlag, Atmung und so weiter. Diese Kugel ist ein Speicherkristall, der den Inhalt von Yras Gehirns enthält, ihr Wissen und ihre Persönlichkeit. Ohne das würde ihr Körper eine Ansammlung von Zellen bleiben, die nichts anderes können, als irgendwann zu sterben. Deshalb nennt man ihn auch Lebenskristall."

„Und das funktioniert einfach so?"

„Die äußere Schicht ist eine weiterentwickelte neuronale Schnittstelle, wie Sie die in einfacher Form aus Laborversuchen kennen dürften."

Bakshi nickte. An solchen Schnittstellen wurde vielerorts gearbeitet, beim Militär ebenso wie bei Herstellern von Prothesen. Man hatte es geschafft, dass Menschen dadurch mit ihren Gedanken künstliche Gliedmaßen oder einfache Maschinen steuern konnten.

„Diese Schnittstelle sucht Kontakt zu Nervenzellen", erklärte Anne weiter, „und wenn sie welche gefunden hat, stellt sie den Kontakt zum Gehirn her."

Bakshi stand auf der anderen Seite des Bettes, im Stehen kaum größer als Anne, die auf dem Hocker saß. „Deshalb auch die Versuchung, die Kugel zu berühren. Unsere Nervenzellen müssen irgendeinen Impuls empfangen haben, um eine Verbindung herzustellen."

Er deutete auf die Kugel unter Annes und Yras Händen. „Und jetzt spielen Sie quasi ein Back-up ihres Gehirns ein."

„So könnte man es nennen. Yras Finger besitzen viel mehr Nervenzellen als unsere, deshalb funktioniert diese Übertragung. Sie sehen, das ist keine Zauberei, sondern schlichte Wissenschaft. Nur ein bisschen fortgeschrittener, als wir es kennen."

Bakshi sah Anne mit einer Mischung aus Ehrfurcht und Neugier an, aber auch mit einem Ausdruck der Verwunderung, als käme sie selbst nicht von dieser Welt.

„Und woher wissen Sie das alles? Ich habe so etwas nie in den Unterlagen der Lantis gelesen, und ich kenne sie ziemlich gut."

„Ich weiß es. Das muss Ihnen vorerst genügen."

Yra wurde unruhig. Sie versuchte, sich umzudrehen. Anne presste Yras Hände fest an die Kugel. Bakshi hielt Yras Schultern mit sanftem Druck fest, bis sie sich wieder beruhigt hatte. Dann strich er ihr vorsichtig über die Wange.

„Sie mögen Yra, nicht wahr?", fragte Anne.

Bakshi zog seine Hand zurück, als hätte er sich an Yra verbrannt.

„Bitte entschuldigen Sie", sagte er. „Das war jetzt unprofessionell. Ich habe einfach alles um mich herum vergessen. Das tut mir leid."

Seine Gesichtsfarbe war etwas dunkler als sonst. Es schien ihm tatsächlich peinlich zu sein.

„Kein Problem." Anne lächelte. „Das ist mir lieber als kalte Wissenschaft, die nur experimentieren will. Ich habe es sofort bemerkt, als ich Sie gesehen habe. Sie waren nicht in Sorge um ein Experiment, Sie waren in Sorge um einen Menschen."

„Es ist wohltuend, dass Sie 'Mensch' sagen und nicht 'Wesen' oder 'Y'. Ich habe miterlebt, wie Yra entstanden ist. Geboren kann man ja wohl nicht sagen. Ich habe nächtelang bei ihr gewacht und sie wachsen sehen."

„Und sie vor Professor Hawkers Ambitionen geschützt, nehme ich an."

Bakshi nickte.

Anne spürte, dass sich in Bakshi tiefe Emotionen einen Weg nach oben bahnten.

„Streicheln Sie Yra ruhig, wenn Sie möchten. Es tut ihr sicher gut. Im Prinzip sind Sie ja ihr Vater - in der heutigen Zeit."

„Danke", sagte Bakshi.

Er fuhr mit seiner Hand zaghaft über Yras Wange und dann über ihre Stirn und ihr Haar. In seinen Augen standen Tränen.

„Professor Hawker meint, weil ihre Gene nur zu 96,8 Prozent mit unseren übereinstimmen, wäre sie näher an den Affen als an uns. Für mich ist sie aber wie ein Mensch."

Anne lachte leise, um Yra nicht zu stören. „Da sehen Sie mal, was der Professor für ein Idiot ist. Vielleicht haben die Lantis ein paar Gene, die besser sind als unsere. Dann kommt man auch auf diese Abweichung, aber damit würden die Lantis über uns stehen, und wir wären dann vielleicht näher an den Affen als an den Lantis. Den Wert eines Wesens kann man nicht an so einer simplen Zahl festmachen. Außer man betrachtet sich selbst als das Non-Plus-Ultra der Schöpfung, für das Hawker sich vielleicht hält."

Bakshi lächelte Anne zufrieden an. „Sie sind wirklich so klug, wie man erzählt. Eigentlich noch viel klüger." Er überlegte einen Moment. „Wissen Sie dann vielleicht auch, ob Yra etwas flüssige Nahrung verträgt? Ich habe ihr bisher nur mit Zucker versetztes Wasser gegeben, mehr habe ich nicht gewagt, weil ich ihren Metabolismus nicht einschätzen kann. Und für künstliche Ernährung sind wir hier nicht eingerichtet."

Yra hatte doch eine Frucht gegessen! Anne erinnerte sich an den Geschmack, er war einer Orange nicht unähnlich.

„Flößen Sie ihr Orangensaft ein. Ich glaube, dass ihr das guttun wird."

Ohne Ankündigung stieß Yra einen Schrei aus. Die Anzeige für die Gehirnaktivität stieg steil nach oben und fiel dann genau so steil wieder ab. Der ganze Körper zitterte.

„Was war das?", fragte Bakshi.

Anne wusste es auch nicht. Sie war selbst erschrocken.

Yras Körper und auch die Werte auf den Anzeigen beruhigten sich. Anne atmete erleichtert auf.

„Vielleicht wurde gerade eine schlechte Erinnerung eingespielt?", fragte Bakshi.

„Das kann ich mir nicht vorstellen. Ich kann es aber auch nicht ausschließen. Wir können nur hoffen, dass es nicht wieder vorkommt."

Die Hoffnung trog. Nach fünfzehn Minuten schrie Yra wieder auf. Dann in immer kürzeren Abständen. Ihr Körper kam zuletzt kaum noch zur Ruhe zwischen den Anfällen.

Bakshi versuchte, beruhigend auf Yra einzuwirken, während Anne Yras Hände weiter auf den Kristall drückte. Der Prozess sollte eigentlich nicht unterbrochen werden.

Yra bäumte sich immer wieder auf, und Bakshi musste sogar schon Gewalt anwenden, um sie im Bett zu halten. Anne hatte alle Mühe, dafür zu sorgen, dass die Kristallkugel nicht herunterfiel. Yras Vitalwerte sanken.

„Vielleicht reagiert sie so, weil der Kristall einen Schaden hat", sagte Bakshi zwischen zwei Anfällen.

„Einen Schaden? Was für einen Schaden?"

„Ein Stück fehlt. Wahrscheinlich haben Sie das nicht bemerkt, weil die Stelle auf der Unterseite der Kugel war, mit der sie auf dem Kissen lag."

Anne hatte keine Zeit gehabt, die Kugel zu untersuchen. Sie hatte sie einfach vom Kissen genommen, war zu Yra gelaufen und hatte sie so auf sie gelegt, wie sie die Kugel in Händen hatte.

Yra hatte einen neuen Ausbruch. Ihre Vitalwerte fielen förmlich senkrecht in den Keller. Ihr Körper war zu geschwächt, um irgendwelche Belastungen auszuhalten.

„Sie kollabiert uns", rief Bakshi, während er Yra ins Kissen drückte. „Wir müssen etwas tun."

Yra bewegte sich so heftig, dass Anne den Kristall ohnehin nicht stillhalten konnte. Sie drehte ihn, um sich die Stelle anzusehen. Tatsächlich fehlte ein Stück, so schmal und so lang wie ihr Daumen.

„Wo ist das fehlende Teil?", fragte sie laut, um Yras Stöhnen zu übertönen.

„Wissen wir nicht", rief Bakshi ebenso laut. „Wir haben intensiv danach gesucht und nichts gefunden."

Die anderen kamen zur Tür hereingedrängt. Sie hatten den Lärm gehört.

„Was ist hier los?", fragte Walter.

„Sie kollabiert", sagte Bakshi.

„Professor Hawker, haben Sie den fehlenden Kristallsplitter?", fragte Anne. „Etwa für persönliche Untersuchungen abgezweigt."

„Nein. Habe ich nicht."

„Ich glaube ihm", sagte Bakshi. „Er hat selbst danach gesucht. Der Kristallsplitter muss auf dem Mond geblieben sein."

Nach einer Pause fügte er hinzu. „Jetzt wird sie doch sterben."

„Ruhe!", sagte Anne energisch. „Hier wird niemand sterben."

Sie schloss die Augen und ließ ihre Gedanken laufen, auch wenn das in Gegenwart der immer lauter stöhnenden Yra sehr schwer war.

Mond, Kristallsplitter, ein schmales, etwa daumengroßes Stück. Die Puzzleteile fielen zusammen.

Anne riss mit einem kräftigen Ruck ihre Kette von ihrem Hals. Da hing der fehlende Kristallsplitter. Sie hatte ihn immer bei sich getragen!

Es war, als müsste sie ein Stück von sich selbst hergeben, aber es musste sein. Sie brach den Splitter aus der Fassung und presste ihn in die Lücke der Kugel. Er passte genau.

Jetzt konnten sie nur noch hoffen.

Yra bäumte sich wieder auf, aber schwächer als zuvor. Die Vitalwerte arbeiteten sich aus dem Keller wieder nach oben.

„Es wirkt", sagte Bakshi nach zehn Minuten erleichtert. „Sie haben ihr das Leben gerettet."

33

Anne fühlte sich so ausgelaugt, als hätte sie einen Teil ihrer Lebensenergie an Yra abgegeben. Wahrscheinlich hatte sie das auch.

Zum ersten Mal seit langer Zeit lag Yra ruhig da. Ihre Vitalwerte hatten sich stabilisiert, allerdings nicht mehr auf dem Niveau, das sie zwischenzeitlich schon erreicht hatte.

„Dr. Bakshi, bitte rufen Sie Walter Bullrider."

Bakshi ging und kam mit Walter wieder.

„Wie geht es ihr?", fragte Walter.

„Der Übertragungsprozess ist anscheinend abgeschlossen. Ihre Gehirnaktivität scheint mir für ihren Zustand normal. Aber sie ist schwach und verliert stündlich an Energie. Hier können wir nichts mehr für sie tun, sie muss hier raus."

„Sie öffnet die Augen", sagte Bakshi.

Yra sah erst Bakshi an, der direkt neben ihrem Kopf stand, dann Walter daneben, und zuletzt Anne, die immer noch Yras Hände an der Kugel hielt.

Ihr Blick war klar, aber müde. Sie schien große Schmerzen zu haben.

„Wann bin ich?", fragte sie.

Was für eine seltsame Frage, schoss es Anne durch den Kopf. Wann fragte jemand so etwas? Und welche Antwort sollte sie ihr geben? Ein Datum zu nennen wäre unsinnig. Sogar die Jahreszahl würde Yra nicht verstehen. Was hieß für sie schon „nach Christus"?

„Fünfundsechzig Millionen Jahre nach deiner Zeit", sagte Anne.

Yra schloss die Augen. „Fünfundsechzig. Millionen."

Sie öffnete die Augen wieder. Ungläubigkeit stand darin geschrieben. „Millionen. Jahre."

Yra schien in sich zusammenzusacken. Sie schien damit gerechnet zu haben, in der Zeit gereist zu sein. Aber nicht so lange.

Anne nahm jetzt Yras Hände von der Kugel weg und legte sie zwischen ihre eigenen.

„Alles wird gut, Yra", sagte sie sanft. „Schlaf jetzt. Wir kümmern uns um dich."

„Was war das jetzt?", fragte Walter. „Habt ihr etwas miteinander geredet?"

Er hatte von Yra offensichtlich nur Laute gehört, die er nicht deuten konnte. Und dann hatte Anne ebenfalls diese fremdartigen Laute ausgesprochen. Anne selbst war das gar nicht aufgefallen. Sie hatte Yra einfach verstanden und ihr dann geantwortet.

„Ja, haben wir", sagte Anne und war plötzlich selbst erstaunt darüber."

Walter fuhr sich mit den Händen über seine Stoppelhaare.

„Irgendwie bin ich überfordert. Da wird ein Wesen neu geschaffen, das vor über fünfundsechzig Millionen Jahren gelebt hat - und als ob das nicht unglaublich genug wäre, du kennst sie. Und dann verstehst du sie sogar. Du sprichst ihre Sprache, die noch nie ein Mensch in dieser Zeit gehört hat. Ich nehme an, du wirst verstehen, dass ich das alles nicht verstehe."

Anne sah zur Kugel. „Ich glaube, ich kenne die Lösung. Sie ist einfacher, als du denkst."

„Etwa so einfach, wie Tote aufzuwecken?", fragte Walter. „Das könnte das Nächste sein, was du tust."

„Es ist wirklich ganz logisch. Nur haben wir jetzt keine Zeit für Erklärungen. Yra muss hier raus, sonst stirbt sie am Ende doch noch. Ihr Körper braucht Energie, die Lampen reichen nicht aus."

„In Lantika ist Nacht."

„Die Wüstensonne wäre in ihrem Zustand auch zu viel. Das verkraftet ihr Körper noch nicht. Außerdem muss sie weg aus Lantika. Hier wäre sie nur ein wissenschaftliches Versuchskaninchen. In einer Stadt voller Wissenschaftler kannst du nichts anderes erwarten, egal, was sie dir versprechen."

„Was schlägst du vor?"

„Ich nehme sie mit zu mir nach Hause. Ich glaube, dass ich ihr am besten helfen kann, sich in der neuen Welt zurechtzufinden."

„Das wird Professor Hawker und sehr vielen anderen gar nicht gefallen."

„Das ist für mich jetzt nicht das Entscheidende."

Anne wandte sich an Bakshi. „Machen Sie Yra fertig für einen Transport. In fünfzehn Minuten sollten wir startklar sein."

Bakshi hatte die ganze Zeit über schweigend zugehört, jetzt musste es heraus. „Darf ich mitkommen?"

Als Anne zögerte, setzte er nach. „Sie könnten Unterstützung brauchen. Sie können nicht immer alles alleine machen."

„Das wird Ihrem Chef sicher nicht gefallen. Es könnte Sie Ihre Karriere kosten."

„Was könnte ich mehr erreichen, als ich hier erreicht habe? Ich habe eine Lantis zur Welt gebracht." Er strich Yra wieder über die Wange. „Yra darf nicht sterben."

„Also gut. Sie kommen mit."

Bakshi strahlte. „Danke."

Er begann sofort damit, die Elektroden von Yras Kopfhaut zu lösen.

Anne und Walter gingen nach draußen.

„Und was ist mit mir?", fragte Walter. „Wenn ich dich so ansehe, hast du alle Rollen schon verteilt."

„Sorry, wenn ich nicht vorher gefragt habe, aber ich glaube wirklich, dass wir uns beeilen müssen. Und wenn du etwas nicht logisch findest, dann werden wir es ändern."

„Logisches Denken ist deine Stärke. Da fange ich gar nicht erst an, nach Fehlern zu suchen. Was sollte ich deiner Meinung nach tun?"

„Ich glaube, dass General Myers bald vor der Tür stehen wird. Für seinen Geschmack sind wir bestimmt schon viel zu lange hier unten. Dann kriegen wir Yra nicht mehr hier raus."

Walter deutete Richtung Aufzug. „Das wird sowieso schwierig. Sobald du mit Yra oben bist, bist du im Erfassungsbereich von Überwachungskameras, und dann steht dir General Myers sofort auf den Füßen."

Anne nickte. „Ich weiß, aber ich habe eine Idee. Dazu brauche ich Arman. Ich gehe ihn wecken, und du holst Hawker."

Kurze Zeit später standen die Vier zusammen. Arman war sofort hellwach, Hawker sah dagegen aus, als müsste er sich erst einmal sortieren.

„Professor Hawker, wir wollen uns von Ihnen verabschieden", sagte Anne.

„Wer ist wir?"

„Yra, Dr. Bakshi und ich."

Hawker sah Anne an, als hätte sie den Verstand verloren. Dann lachte er auf. „Das ist jetzt ein Scherz. Sie glauben doch nicht ernsthaft, dass Sie mit unserem wichtigsten Forschungsobjekt einfach so zur Tür hinausmarschieren können?"

„Das werde ich tun", sagte Anne ruhig und bestimmt. „Und Sie werden mir dabei helfen. Ich wollte Sie nur über die nächsten Schritte aufklären, die vor Ihnen liegen."

Hawker lachte wieder. „Ich soll Ihnen helfen? Sie wollen mich über meine nächsten Schritte aufklären? Wissen Sie, mit wem Sie es zu tun haben? Ich bin der Bürgermeister von Lantika. Mir untersteht hier alles. Nur weil Sie dieses Labor entdeckt haben, haben Sie in Lantika noch lange nichts zu sagen. Sie sind bloß eine ganz normale Zivilperson ohne jegliche Befugnisse. Eine unter Millionen."

Bakshi kam mit Yra aus dem Krankenzimmer. Er schaffte es nur mit Mühe, das für ihn ziemlich große Bett zu schieben.

„Bakshi. Bringen Sie die Lantis sofort zurück! Ich werde nicht zulassen, dass sie dieses Labor verlässt. Wir haben sie geschaffen. Sie gehört uns."

„Sie gehört niemandem", sagte Bakshi. „Sie ist ein intelligentes Wesen, das selbst über sich entscheidet."

Yra war wach geworden. Sie blinzelte die Gruppe an und schien zu verstehen, dass über sie verhandelt wurde. Sie machte ein Zeichen mit der Hand, schwach, aber eindeutig. Sie wollte etwas sagen.

„Ya ruma cini." Dabei zeigte sie erst auf sich, dann auf Anne und zum Schluss nach oben.

„Was soll denn das jetzt?", fragte Hawker.

„Das verstehe sogar ich, obwohl ich kein Lantisch kann", sagte Walter. „Sie will mit Anne gehen."

„Sie hat überhaupt nichts zu sagen."

„Schweigen Sie!", herrschte Anne den Professor an. „Sonst werden Sie hier nie wieder etwas zu sagen haben. Wenn wir in der Öffentlichkeit publik machen, welche Experimente Sie hier heimlich durchführen, sind Sie die längste Zeit Bürgermeister von Lantika gewesen. Sie haben eine einzige Chance, mit einem blauen Auge davonzukommen: Sie werden uns das Sanitätsflugzeug von Lantika zur Verfügung stellen. Und Sie werden persönlich dafür sorgen, dass wir mit Diplomatenstatus nach Deutschland einreisen können."

Professor Hawker schien langsam zu verstehen, dass seine Karten nicht so gut waren, wie er gedacht hatte.

„Und was bekomme ich dafür?"

„Wenn ich Yra dahin gebracht habe, wo sie überleben kann, werde ich mich nur darum kümmern, dass sie sich erholt. Ich werde mich aus der Öffentlichkeit heraushalten. Sie verstehen, was ich meine?"

Hawker nickte. Ohne Öffentlichkeit gab es keinen Skandal.

„Aber wie wollen Sie aus dem Labor herauskommen? Sobald sie aus dem Aufzug treten, wird man Sie erkennen."

„Das lassen Sie meine Sorge sein. Mr. Arman hat übrigens die Handyjammer abgeschaltet. Sie können also telefonieren und sollten das auch sofort tun."

Hawker sah zu Arman. Der nickte. Hawker ging zur Seite und begann zu telefonieren.

„Mr. Arman", sagte Anne. „Achten Sie darauf, dass Professor Hawker die richtigen Leute anruft."

Arman ging zu Hawker und stellte sich dicht neben ihn, so dass er mithören konnte.

Anne wandte sich an Walter. „Du wirst hierbleiben und aufpassen, dass der Professor es sich nicht noch anders überlegt, wenn wir weg sind. General Myers und die Chinesen werden bald hier sein und sich alles ansehen. Damit ist das letzte Geheimnis von Lantika gelüftet, und es gibt nichts mehr für die Geheimdienste zu schnüffeln. Sie werden großes Interesse daran haben, die ganze Angelegenheit geräuschlos in ruhiges Fahrwasser zu bringen. Da Professor Hawker das Gleiche wollen wird, wird es möglich sein."

Walter zeigte mit einem Finger auf Anne. „Ich sehe dir an, dass es noch ein ‚Aber' gibt."

„Keiner der Geheimdienste will, dass ihre massive Überwachung in Lantika an die große Glocke gehängt wird.

Deshalb wird Myers dafür sorgen, dass Yra und ich in Ruhe gelassen werden. Das ist mein Preis für meine Unterstützung. Für die Geheimdienste werden wir einfach nicht existieren. Zusätzlich wird Myers dafür sorgen, dass jeder, der uns nachspioniert, ins Leere laufen wird. Kein Twitter, keine Facebook-Nachrichten, keine Presse über Yra."

„Das wird Myers nicht gefallen."

„Mir gefällt seine Schnüffelei auch nicht."

Walter grinste. „Ich wusste, dass deine Mitarbeit nicht billig sein wird."

„Myers hat seinen Frieden, weil die Eskalation ausgeblieben ist, die er befürchtet hat. Und ich will meinen Frieden in meinem Privatleben und Ruhe für Yra. Das ist nicht zu viel verlangt. Er kann es tun, und er wird es tun."

„Du bist wirklich nicht mehr die harmlose Wissenschaftlerin von früher. Man muss sich in Acht nehmen, wenn man sich mit dir einlässt. Woher hast du das gelernt?"

„Ich habe von General Kowalev gelernt. Er ist ein glänzender Stratege, und ich habe mich bemüht, gut aufzupassen."

„Das ist dir gelungen."

„Ich muss los. Dr. Bakshi, Mr. Arman, wir müssen aufbrechen."

Gemeinsam schoben sie Yra mit ihrem Bett in Richtung eines Lagerraums.

„Und jetzt?", fragte Bakshi, als er sich nur noch von Regalen umgeben sah.

„Mit dem Bett kommen wir nicht weiter", sagte Arman.

Er verschwand um eine Ecke und kam mit einer Trage wieder.

„Wir müssen die Lantis umbetten."

Yra war nicht schwer. Sie fixierten sie auf der Trage und deckten sie mit einer Goldfolie zu.

„Nehmen Sie den Lebenskristall", sagte Anne zu Bakshi. „Sie können ihn in ein Handtuch einwickeln, damit er Ihnen nicht schadet."

„Wir haben noch etwas vergessen."

Bakshi lief zurück. Als er wiederkam, hielt der den Speicherchip mit Yras Gen-Code in der Hand.

„Damit Professor Hawker nicht auf dumme Gedanken kommt. Ich denke, er sollte Ihnen gehören."

Er gab ihn Anne.

Arman schob ein Regal mit Handtüchern und Laborkleidung beiseite. Eine schmale und niedrige Tür wurde frei. Sie führte in einen Gang, der etwa einen Meter breit und einen Meter achtzig hoch war. An der Decke waren Rohre und Kabelbündel montiert.

„Eigentlich sollte hier nur ein achtzig Zentimeter hoher Kriechgang sein, aber ich habe dafür gesorgt, dass er etwas tiefer geworden ist", sagte Arman. „Das ist auf keiner Zeichnung zu sehen."

Trotzdem musste er sich bei seiner Größe tief bücken, um hineinzukommen. Die Rohre nahmen von der eigentlichen Höhe dreißig Zentimeter weg. Nur Bakshi konnte aufrecht gehen.

Der Gang knickte mehrmals rechtwinklig ab, was mit der Trage nicht so einfach zu bewältigen war. Nach etwa zweihundert Metern machte Arman halt. Rohre aus einem anderen Gang kreuzten ihren. Arman kroch darunter her, dann schoben sie Yras Trage durch.

„Sie hätten ihn noch zwanzig Zentimeter tiefer machen sollen", sagte Bakshi.

Arman grunzte. „Er war nur für den absoluten Notfall vorgesehen. An einen Krankentransport hat niemand gedacht."

Nach diesem Engpass war es nicht mehr weit. Sie kamen in einem anderen Lagerraum heraus. Anne schätzte, dass sie einen kompletten Laborkomplex passiert hatten, in welcher Richtung konnte sie nicht sagen. Sie musste sich ganz auf Arman verlassen. Die ganze Zeit über hatte der Weg eine leichte Steigung gehabt, so dass sie sich jetzt auf dem normalen Labor-Level befanden.

„Ziehen Sie das hier über, dann werden wir draußen nicht so schnell erkannt." Arman warf Anne einen Laborkittel und eine Kopfbedeckung zu und bediente sich ebenfalls. Dann sah er Bakshi an. „Für Sie ist nichts Passendes dabei."

„Geben Sie ihm Ihr Hemd", sagte Anne.

Das schien beiden nicht wirklich zu gefallen, aber Arman zog sein Hemd aus. Die Länge stimmte, aber es war viel zu weit.

„Besser als nichts", sagte Bakshi. „Außerdem ist es Nacht."

Sie kamen durch ein Labor, in dem nur ein Mann vom Sicherheitsdienst Nachtwache hielt.

Arman zeigte seinen Ausweis. „Wir haben länger gearbeitet und hatten einen Unfall. Draußen wartet ein Krankenwagen auf uns."

Arman als oberster Sicherheitschef musste keine Angst vor unliebsamen Fragen haben. Der Wachmann ließ die Drei mit der Trage hinaus.

Draußen stand tatsächlich ein Krankenwagen. Arman hatte alles perfekt organisiert. Ohne Unterbrechung fuhren sie bis in den Hangar des Sanitätsjets. Die Besatzung wusste schon Bescheid. Professor Hawker hatte nicht versucht, sie hereinzulegen. Jetzt, wo er sowieso keine Chance mehr auf einen Überraschungscoup mit einer wiedererweckten Lantis hatte, sondern nur noch Ärger ins Haus stand, wollte er sie wahrscheinlich so schnell wie möglich loswerden.

„Hier ist mein Job zu Ende", sagte Arman. „Den Rest müssen Sie ohne mich schaffen."

„Danke für Ihre Kooperation", sagte Anne. „Scheich Al-Qummi wird zufrieden mit Ihnen sein."

„Das hoffe ich mal."

„Ich werde Sie auf jeden Fall positiv erwähnen."

Arman deutete auf Yra. „Beeilen Sie sich, damit sich die Aktion auch gelohnt hat."

Die erfahrene Besatzung hatte Yra schnell verladen und gesichert.

„Sie ist ja schon ganz grün im Gesicht", bemerkte ein Sanitäter.

„Laborunfall", sagte Anne. „Das ist nicht ansteckend, muss aber schnell behandelt werden."

Kurze Zeit später war die Maschine in der Luft. Anne und Bakshi saßen auf den Sitzen für Begleitpersonen. Ein Arzt flog nicht mit, weil Anne Dr. Bakshi als Arzt ausgegeben hatte.

„Woher wussten Sie von dem Geheimgang?", fragte Bakshi.

„Ich wusste es nicht", sagte Anne. „Ich habe es mir nur gedacht. Ich halte Arman für einen hochintelligenten Mann, sonst wäre er nicht Sicherheitschef von Al-Qummi geworden. Wenn so jemand eine Anlage plant, plant er auch immer für einen Plan B. Ein Ort mit nur einem Ein- oder Ausgang ist nicht sicher, es ist nur eine perfekte Falle. Es musste einfach einen zweiten Ausgang geben, sonst wäre Arman nicht gut."

Anne sah zum Fenster heraus. Die Lichter von Lantika waren kaum noch zu sehen.

„Und als Sie ihn gefragt haben, hat er Ihnen den Gang einfach so verraten?"

„Ein paar Argumente brauchte ich schon. Die wenigsten Leute wollen Ärger - und Scheich Al-Qummi ganz bestimmt nicht. Er hat seinen Nervenkitzel gehabt, als erster Mensch den ersten Lantis zu sehen. Jetzt möchte er noch in die Geschichtsbücher eingehen als derjenige, der die alte Welt neu entstehen lässt. Außerdem macht er ein riesiges Geschäft. Ich habe mich erkundigt. Er verkauft die Grundstücke für die Hotels zu Preisen, als würden sie mitten in New York liegen. Das alles funktioniert nur, wenn es keinen Ärger gibt. Ärger vermeiden zu können, ist immer ein sehr starkes Argument, besonders für Geschäftsleute."

Bakshi nickte nachdenklich. „Ich verstehe immer besser, warum Mr. Bullrider solchen Respekt vor Ihnen hat."

„Walter Bullrider soll Respekt vor mir haben? Ach was. Wir hatten zwei schwierige Einsätze zusammen und kennen uns von daher sehr gut. Das ist alles."

„Er hat Respekt vor Ihnen. Glauben Sie mir. Ich habe es ihm angesehen."

Anne sah immer noch zum Fenster heraus. Im Osten wurde der Himmel bereits heller. Das war gut.

Sie ging zu Yra und prüfte ihren Puls. Schwach, aber spürbar.

„Du musst durchhalten. Es ist nicht mehr weit."

Yra sagte nichts. Sie schlief.

Anne setzte sich wieder.

„Was war das eigentlich mit dem Kurzschluss im Kopf? Hawker hat so eine Bemerkung gemacht, aber ich hatte keine Zeit, mich darum zu kümmern."

Bakshi erzählte ihr die Geschichte mit Henrichsen.

„Dieser Mistkerl von Hawker hat also gehofft, ich bekomme auch einen Kurzschluss im Kopf, wenn ich die Kugel anfasse?"

Bakshi nickte. „Er war ziemlich überrascht, als gar nichts passiert ist. Ich übrigens auch. Ich konnte Sie leider nicht von der Kugel fernhalten, Sie waren zu schnell."

„Ich habe aber keinen Kurzschluss bekommen." Anne sah Bakshi an. „Sie hatten schon Zeit, darüber nachzudenken. Was meinen Sie dazu?"

„Sie fragen mich nach meiner Meinung?"

„Ich halte Sie für einen kompetenten Wissenschaftler. Sagen Sie, was Sie denken."

„Nun, der Splitter, den Sie als Anhänger getragen haben, war ein Bruchstück von Yras Lebenskristall. Dieses Bruchstück war zu klein, um Sie zu überwältigen, hat wahrscheinlich aber trotzdem eine gewisse Ausstrahlung. Es hat schon länger auf Sie eingewirkt, so dass Sie sich daran gewöhnt haben. Möglicherweise hat sich Ihr Gehirn sogar darauf eingestellt. Unser menschliches Gehirn ist äußerst flexibel."

„Hervorragend analysiert", sagte Anne. „So stelle ich es mir auch vor."

Dieses Bruchstück hatte ihr schwer zu schaffen gemacht. Ein Jahr lang hatte es ununterbrochen auf sie eingewirkt, wobei sich ihr Gehirn mehr als nur darauf eingestellt hatte. Es hatte sich deutlich verändert. Anne hatte die Bilder von Professor Bernard vor Augen, als hätte sie diese erst gestern gesehen.

„Sie haben einen weiteren Verdacht." Anne lächelte Bakshi an. „Sprechen Sie ihn ruhig aus."

Bakshis Gesicht bekam eine leichte Färbung. „Das sind alles nur Vermutungen, aber wenn Sie wollen ... Der Lebenskristall enthält Yras gesamtes Wissen. Vielleicht ist ein Teil davon auf Sie übergegangen. Das würde auch erklären, warum Sie Yras Namen kannten und ihre Sprache sprechen."

„Sie sind wirklich gut", sagte Anne.

Bakshis Gesicht wurde dunkler. „Danke. Das aus Ihrem Mund zu hören, ist eine große Ehre."

Nicht nur ein Teil von Yras Wissen war auf sie übergegangen. Auch ein Teil ihrer Erinnerungen. Ganz persönliche Erinnerungen. Und vielleicht sogar ein Teil ihres Wesens? Hatte Walter Bullrider nicht gesagt, sie hätte sich verändert? Vielleicht waren nicht nur ihre langjährigen Erfahrungen und Erlebnisse der Grund.

Bakshi sah Anne ehrfürchtig an. „Man könnte sagen, Sie tragen etwas von vor fünfundsechzig Millionen Jahren in sich."

„Und trotzdem bin ich ein ganz normaler Mensch und lebe heute", sagte sie.

Sie stand wieder auf, ging zu Yra und strich ihr sanft über die Haut. Etwas von diesem Wesen aus einer anderen Zeit lebte in ihr. Das war so unfassbar, dass sie es nicht glauben würde, wenn sie es nicht besser wüsste.

Sie wandte sich wieder zu Bakshi.

„Ich möchte Sie bitten, darüber zu schweigen."

Er nickte. „Von mir wird niemand etwas erfahren."

Yra verschlief den Flug, die Landung, und auch den Transport nach Hofheim. Ihre Vitalwerte sanken stetig, wie bei einem Akku, dessen Ladung zur Neige geht. Aber im Osten ging die Sonne auf.

Auf Annes Terrasse setzten sie die schlafende Lantis in einen Liegestuhl mit Blick nach Osten. Allein die frische Morgenluft schien ihr schon gut zu tun. Die naturliebende Yra eingesperrt in einem keimfreien Labor, nichts wäre tödlicher für sie.

Auch Aroon Bakshi sah nicht mehr gut aus. Die vielen durchwachten Nächte hatten seine Kräfte aufgebraucht.

„Legen Sie sich hin", sagte Anne. „Ich passe auf Yra auf."

„Wenn sich ihr Zustand verschlechtert, müssen Sie mich holen. Unbedingt."

„Versprochen", sagte Anne.

Olaf brachte Bakshi in ein Gästezimmer. Dann setzte er sich zu seiner Frau und ließ sich alles erzählen.

Gegen elf Uhr öffnete Yra die Augen.

„Hier ist alles so grün", sagte sie leise. „Und die Sonne ..."

Ein Anflug eines Lächelns huschte über ihr Gesicht. Zu mehr reichte die Kraft noch nicht.

„Legt mich ins Gras."

Anne und Olaf trugen Yra auf den Rasen und legten sie, nackt, wie sie war, auf das Gras.

Yras Lächeln kehrte zurück.

Anne legte sich neben sie und griff ihre Hand. „Ich bleibe bei dir."

„Gut", sagte Yra und schlief wieder ein.

Olaf saß noch eine Weile im Liegestuhl und betrachtete die Frauen. Da lagen fünfundsechzig Millionen Jahre nebeneinander. Die beiden waren so verschieden und hatten doch vieles gemeinsam.

Ende.

~~~~~

Eine Lantis ist zum Leben erweckt worden. Ein kleines Wunder, mit dem niemand gerechnet hatte. Aber: Wer ist Yra? Warum gerade sie? Eigentlich gibt es mehr Fragen als zuvor. Die verbliebenen Container lassen vermuten, dass Yra nicht die Einzige bleiben wird, die von dem ausgestorbenen Volk wiedererweckt wird. Tatsächlich bergen die Container weitere Überraschungen – und nicht nur gute. Das Erbe der Lantis hat auch eine andere Seite.

Lesen Sie davon in **„Die erste Menschheit lebt"**.

Wer über Neuerscheinungen informiert werden möchte, kann mir gerne eine E-Mail schreiben an: neu@kseibel.de

~~~~~

Erinnern Sie sich noch an Anne und Olaf in Genf? Da hieß es: „Der Terroranschlag und der damit verbundene Tsunami auf dem Genfer See hatten wochenlang die Nachrichten beherrscht. Aber das war eine andere Geschichte und ist lange her."

Wenn Sie wissen möchten, was das für eine Geschichte ist, können Sie die in **„Schwarze Energie"** lesen. Dieses Buch erzählt die Geschichte.

~~~~~

Zum Schluss wieder meine **Bitte**, denn als unabhängiger Autor bin ich auf die Mithilfe meiner Leser angewiesen:

Wenn Ihnen das Buch gefallen hat, nehmen Sie sich bitte ein paar Minuten Zeit und schreiben eine Rezension. Das muss nicht lang sein, einige kurze, ehrliche Sätze genügen. Dadurch unterstützen Sie mich, geben mir wertvolle Rückmeldung, die nächsten Geschichten noch besser zu machen. Bitte empfehlen Sie meine Bücher auch Ihren Freunden.

Ich danke Ihnen ganz herzlich dafür. Klaus Seibel

Weitere Bücher des Autors

Die erste Menschheit lebt

Die Fortsetzung von „Das Erbe der ersten Menschheit".
„Die erste Menschheit lebt" ist genauso wie der Vorgänger ein Bestseller und hat inzwischen mehr als zweihundert 4- und 5-Sterne-Rezensionen.

„Auch der 2. Teil des Romans steht in Spannung, Logik und Qualität dem ersten Teil in nichts nach. Ein einfach großartiges Buch!"
Stefanie Babka, August 2016

Klaus Seibel

Krieg um den Mond

Mehr als zweihundertfünfzig 4- und 5-Sterne-Rezensionen

„Krieg um den Mond" war monatelang in den Bestsellerlisten und zeitweise das bestverkaufte Science-Fiction E-Book in diversen Shops. Hier erfahren Sie die **Vorgeschichte zu der Serie: „Die erste Menschheit"**.

Ein Rover der NASA macht eine Entdeckung: Auf der Mondoberfläche liegt eine kaputte Schraube. Das Problem: Sie dürfte nicht dort sein. Ein Wettlauf beginnt. Jeder will die Entdeckung um jeden Preis.

Schwarze Energie

CERN - das größte Experiment der Welt.
Das „Gottesteilchen" ist gefunden. Kommt jetzt noch ein Teil für den Teufel? Manche befürchten es, ein teuflisches Schwarzes Etwas, das die Erde verschlingt. Die Wissenschaftler sagen: „Es kann unmöglich etwas passieren."
Haben sie wirklich alles bedacht? Können Menschen überhaupt alles bedenken? Lassen Sie sich in eine Geschichte hineinführen, an die Sie ganz bestimmt nicht gedacht haben.

Klaus Seibel

Zehntausend Augen

Der Mann ist ein genialer Hacker und leidenschaftlicher Spieler. Computer, Handy, Internet sind seine Werkzeuge, und Menschen seine Spielfiguren, die Polizei eingeschlossen. Sein Spielfeld ist die Welt, alle Menschen dürfen seinem Spiel live zusehen. Der Preis ist hoch: Es geht um Menschenleben. Die Regeln sind klar: Bei jedem Level wird es schwieriger.

„Zehntausend Augen" ist mehrfach im Inforadio RBB empfohlen worden.

„Dieses Buch hat mich begeistert und das Potenzial, ganz oben in den Charts zu stehen." Hanni Münzer, Autorin auf der Spiegel-Bestseller Liste.

Leseprobe:

Auf dem Bildschirm, der das eingehende Signal aufnahm, erschien ein Doppeldecker-Bus in der typischen gelben Lackierung der Berliner Verkehrsgesellschaft. Er fuhr die Linie 106, wie auf der Anzeige über der Windschutzscheibe gut zu sehen war. Jetzt stand er geparkt neben anderen Bussen.

»Was sehen Sie?«, fragte die Stimme.

»Einen Bus der BVG. Und?«

»Richtig. Aber dieser Bus hat eine Sonderausstattung.«

Das Bild zoomte heran und schwenkte zugleich so, dass Ellen unter den Bus sehen konnte. Dort war etwas befestigt. Das Bild zoomte weiter heran. Ein schwarzer Kasten in der Größe einer Zigarrenkiste. Eine LED leuchtete rot wie ein böses Auge. Eine Sprengladung! In der Nähe des Tanks. Man sah es ganz deutlich. Ellen wurde heiß.

»Was soll das? Was wollen Sie?«, stieß sie hervor.

»Nicht so ungeduldig. Sie werden gleich verstehen. Sehen wir uns gemeinsam das Bild einer Überwachungskamera an, die zufällig auf der Route des Busses installiert ist.«

Das Bild wechselte. Da war wieder der Bus. Gerade hielt er an einer Haltestelle. Durch die Fenster konnte man sehen, dass der Bus voll besetzt war. Im Mittelgang und auf der oberen Ebene drängten sich Schulkinder auf dem Weg nach Hause.

Auf Ellens Stirn bildeten sich Schweißtropfen. »Das ... das können Sie nicht tun. Die vielen Menschen. Die Kinder. Sie sind unschuldig. Sie dürfen ihnen nichts tun.«

»Ob ihnen etwas geschieht, liegt ganz allein bei Ihnen, Frau Faber.«

»Bei mir? Warum bei mir? Was wollen Sie?«

»Die Frage nach dem ›warum?‹ verschwendet nur Zeit, und davon haben Sie nicht viel. Sie haben exakt dreihundert Sekunden, um die Katastrophe zu verhindern. Die Zeit läuft ab jetzt.«

Auf dem Monitor wurde eine 300 eingeblendet. Ellen starrte auf die Zahlen: 299, 298, 297, 296 ...

Die Stimme schwieg.

www.kseibel.de